UN CORRESPONDANT DE CICÉRON

AP. CLAUDIUS PULCHER

PAR

L. A. CONSTANS

Ancien élève de l'École normale supérieure
Ancien membre de l'École française de Rome
Docteur ès-lettres

Avec une carte hors texte

PARIS
E. DE BOCCARD, ÉDITEUR
1, RUE DE MÉDICIS, 1

1921

UN CORRESPONDANT DE CICÉRON

AP. CLAUDIUS PULCHER

DU MÊME AUTEUR

Gigthis, étude d'histoire et d'archéologie sur un *emporium* de la petite Syrte, 113 pages in-8, avec 14 planches hors texte et 3 figures dans le texte, Paris, Leroux, 1916.

Arles antique, 426 pages in-8, avec 16 planches hors texte, Paris, De Boccard, 1921.

UN
CORRESPONDANT DE CICÉRON
AP. CLAUDIUS PULCHER

PAR

L. A. CONSTANS

Ancien élève de l'École normale supérieure

Ancien membre de l'École française de Rome

Docteur ès-lettres

Avec une carte hors texte

PARIS

E. DE BOCCARD, ÉDITEUR

1, RUE DE MÉDICIS, 1

1921

MEMORIAE PATRIS

INTRODUCTION

Dans la grande tragédie politique qui s'ouvrit avec le premier triumvirat et s'acheva aux Ides de mars, Ap. Claudius Pulcher ne joua qu'un rôle d'arrière-plan. Les historiens parlent peu de lui : son jeune frère, le tribun Clodius, tient plus de place dans la chronique de ces temps troublés. Cependant, celui qui était le chef de l'illustre gens Claudia, au moment où sombraient cinq siècles d'histoire, mérite de retenir l'attention. Parce qu'il n'eut ni le génie de César, ni le talent heureux de Pompée, ni la vertu de Caton, parce qu'il fut médiocre, il représente mieux que personne l'aristocratie romaine de la fin de la République. Aussi essaierons-nous de le suivre dans les vicissitudes de sa carrière politique, et de fixer quelques traits de sa physionomie morale. Cette tâche nous est rendue possible grâce à Cicéron. C'est par lui, et presque par lui seul, que nous connaissons Appius. Ne nous en plaignons pas : car si l'on peut souhaiter des témoignages plus impartiaux que ceux du grand orateur, on n'en trouverait guère qui soient plus vivants ; d'autre part, l'histoire d'Ap. Claudius prendra nécessairement la forme d'une histoire de ses rapports avec Cicéron : et à cela nous gagnerons de voir les caractères des deux hommes s'éclairer l'un par l'autre à nos yeux.

Ce n'est pas là le seul intérêt de cette étude. Si la querelle de Cicéron avec P. Clodius n'a pas été sans influence sur ses relations avec Appius, il s'en faut que leurs rapports ne soient qu'un épisode de la fameuse querelle. Et ils ne présentent peut-être pas moins d'intérêt que cette querelle même : l'histoire en est plus complexe et plus riche au point de vue psychologique, car au lieu d'être l'histoire d'une inimitié continue, c'est celle d'une amitié à plusieurs reprises et de diverses façons compromise ; elle est plus variée, car elle embrasse un plus grand nombre d'années, et a pour théâtre Rome d'abord, puis la province de Cilicie ; en elle se résume l'évolution politique de Cicéron depuis son retour d'exil jusqu'à Pharsale ; enfin elle nous permet de soupçonner, par maintes vues de détail, ce qu'était la vie d'une province romaine au Ier siècle avant notre ère.

L'histoire des rapports entre Cicéron et Ap. Claudius se divise tout naturellement en deux parties : avant le proconsulat de Cicéron en Cilicie ; pendant et après ce proconsulat.

Pour la première partie, notre information est singulièrement incomplète. Tant que nos deux personnages sont à Rome, ils n'échangent, naturellement, pas de lettres : les discours prononcés par Cicéron, et les lettres qu'il adresse à ses amis et à son frère absents de Rome sont les seules sources dont nous disposions. Il est très regrettable, en particulier, que nous ne connaissions les événements de l'année 57, où Appius fut préteur, que par les discours de Cicéron : il est trop souvent impossible de découvrir la vérité sous la partialité du témoignage.

Pour la seconde partie, nous possédons douze lettres

écrites par Cicéron à Appius pendant les années 51 et 50 : elles composent, avec une première lettre écrite en 53, le IIIe livre des *Familières*. C'est là un témoignage précieux. Pour qu'il fût complet, il faudrait, en premier lieu, que nous ayons dans leur entier toutes les lettres écrites par Cicéron à Appius : or, certains passages, et des plus importants, celui par exemple où étaient énumérées les démarches faites par Cicéron pour aider Appius dans son procès *de maiestate*, ont été perdus ou supprimés[1] ; d'autre part, il paraît certain qu'il y a au moins une lettre tout entière qui ne nous est point parvenue[2]. Il faudrait, en second lieu, que nous possédions les lettres écrites par Appius à Cicéron : or, aucune ne nous a été conservée.

Nous avons essayé, en appendice, de dresser un tableau général des lettres échangées entre Cicéron et Appius, en restituant, d'après les réponses de Cicéron, le contenu des lettres d'Appius, et en datant les unes et les autres avec autant de précision que possible[3]. Il entre naturellement dans cet essai une assez forte part de conjecture : il n'a d'autre prétention que de rendre plus clair l'échange des lettres entre Cicéron et Appius, et, partant, plus intelligible la suite des rapports entre ces deux personnages.

1. Voir plus loin, p. 101.
2. Voir Appendice I.
3. Pour les lettres d'Appius, nous n'avons pu, le plus souvent, que donner la date où elles avaient été reçues par Cicéron.

NOTE BIBLIOGRAPHIQUE

Les éditions de Cicéron auxquelles nous avons eu recours sont les suivantes :

Œuvres complètes. — ORELLI, *M. Tullii Ciceronis opera quae supersunt omnia*, édition continuée par Baiter et Halm, 8 tomes in-8°, Zurich, 1833-61[1].

BAITER et KAISER, *M. Tullii Ciceronis opera quae supersunt omnia*, 11 vol. in-8°, Leipzig, Tauchnitz, 1860-69.

C. F. W. MÜLLER, *M. Tullii Ciceronis scripta quae manserunt omnia*, 10 vol. petit in-8°, Leipzig, Teubner, 1878-98.

Lettres. — WESENBERG, *M. Ciceronis epistulae*, 2 vol. petit in-8°, Leipzig, Teubner, 1872-73.

TYRREL et PURSER, *The correspondence of M. Tullius Cicero, arranged according to its chronological order*, 6 vol. in-8°, Dublin, 1885-99. Pour le vol. I, une 3e éd. a paru en 1904; pour le vol. II, une 2e en 1906; pour le vol. III, une 2e en 1914[2].

L. MENDELSSOHN, *M. Tullii Ciceronis epistularum libri sedecim*, 1 vol. in-8°, Leipzig, Teubner, 1893.

FERD. ANTOINE, *Lettres de Caelius à Cicéron (VIIIe livre des Lettres Familières)*, 1 vol. in-8°, Paris, Colin, 1894.

Fr. HOFMANN, *Ausgewählte Briefe von M. Tullius Cicero*, 2 vol. in-8°, 2e éd., Berlin, Weidmann, 1865.

1. L'indication Orelli, V, 2 signifie tome V, volume 2.
2. L'indication III² signifie tome III, 2e édition. De même pour les ouvrages de Drumann et de Lange cités plus loin.

Nous citons les scolies d'Asconius sur les discours de Cicéron d'après A. Kiessling et R. Schoell, *Q. Asconii Pediani orationum Ciceronis quinque enarratio*, 1 vol. in-8°, Berlin, 1875.

Les monographies suivantes sur la correspondance de Cicéron sont plusieurs fois citées :

Otto Ed. Schmidt, *Der Briefwechsel des M. Tullius Cicero von seinem Prokonsulat in Cilicien bis zu Caesars Ermordung*, 1 vol. in-8°, Leipzig, 1893[1].

Moll, *De temporibus epistularum Tullianarum quaestiones selectae*, 1 broch. in-8°, Berlin, 1883.

W. Sternkopf, *Quaestiones chronologicae de rebus a Cicerone inde a tradita Cilicia prouincia usque ad relictam Italiam gestis, deque epistulis intra illud tempus (a. 704 et 705) datis acceptisue*, 1 broch. in-8°, Marbourg, 1884.

Theodor Schiche, *Zu Ciceros Briefwechsel im Jahre 51*, 1 broch. in-4°, Berlin, 1895 (progr. n° 55); *Zu Ciceros Briefwechsel w''hrend seiner Statthalterschaft von Cilicien*, 1 broch. in-4°, Berlin, 1897 (progr. n° 54).

Des abréviations par initiales ont été adoptées pour les deux ouvrages généraux suivants :

Drumann, *G. R.* = *Geschichte Roms in seinem Uebergange von der republikanischen zur monarchischen Verfassung, oder Pompeius, Caesar, Cicero, ihre Zeitgenossen*, 6 vol. in-8°, 1re éd., Königsberg, 1844, 2e éd., revue par Gröbe, Berlin, 1899 et suiv.

Ludwig Lange, *R. A.* = *Römische Alterthümer*, 3 vol. in-8°, 2e éd., Berlin, 1863-67-71.

Nous citons par les noms seuls des auteurs la *Real-Encyclopädie* de Pauly-Wissowa.

1. Nous citons par le nom seul de l'auteur.

PREMIÈRE PARTIE

CHAPITRE PREMIER

AP. CLAUDIUS PULCHER AVANT SA PRÉTURE (57)

PREMIERS RAPPORTS AVEC CICÉRON

Nous n'avons aucun renseignement sur la vie d'Ap. Claudius Pulcher avant l'année 75. La date de sa naissance nous est inconnue. Il était plus jeune que Cicéron, puisqu'il n'arriva au consulat que neuf ans après lui, en 54. Si nous admettons qu'il obtint le consulat à l'âge légal (43 ans), nous ferons de l'année 97 la date de sa naissance.

En 75, Ap. Claudius Pulcher accusa de concussion, *de pecuniis repetundis*, devant le tribunal du préteur P. Lentulus Sura, un propréteur qui revenait d'Asie, Terentius Varro[1].

L'accusé avait pour cousin germain l'avocat Hortensius : ce fut lui qui se chargea de sa défense. Il réussit à le faire acquitter, non sans avoir corrompu les juges par l'intermédiaire d'un d'entre eux, Turius, qui était, comme Terentius Varro, son cousin germain[2].

1. Cf. Pseudo-Asconius, *in Diuinationem*, Orelli, V, 2, p. 109 et 110.

2. Le Pseudo-Asconius nous raconte qu'Hortensius imagina à cette occasion un moyen ingénieux de contrôler les juges qu'il avait achetés. Il leur fit distribuer des tablettes enduites de cires de différentes couleurs : l'auteur de chaque vote devait se reconnaître à la couleur de la

Ces faits ne nous apprennent rien sur le caractère d'Ap. Claudius : il fit ce que faisaient beaucoup de jeunes gens à son époque, qui commençaient à se faire connaître en accusant devant les tribunaux un magistrat sortant de charge[1] Mais retenons que sa première expérience des hommes le mit en face de la corruption. Il sera juste de nous en souvenir, si plus tard nous le voyons lui-même peu embarrassé de scrupules.

L'expérience qui suivit lui fit connaître ce qu'étaient les Romains hors de Rome. Quatre ans après le procès de Varron, en 71, nous le trouvons en Asie, aux côtés de Lucullus. Ce général avait épousé une Clodia, la plus jeune sœur d'Appius. Apparemment, il avait emmené son beau-frère comme légat. Ce que fit Appius dans cet emploi, quelles qualités il y montra, quels enseignements il en put retirer, c'est ce qu'il importe que nous étudiions : car, d'abord, à la lumière des événements de cette année 71, nous verrons se dessiner quelques traits du caractère d'Appius; en outre, quand, vingt ans plus tard, il retourna en Asie, à coup sûr les impressions qu'il avait gardées de son premier séjour ne furent pas sans influence sur sa conduite.

C'est à Plutarque que nous devons de connaître le rôle d'Ap. Claudius Pulcher en Asie[2]. Lucullus, après une brillante victoire sous les murs de Cyzique, avait forcé Mithridate à se réfugier chez son beau-fils, Tigrane, roi d'Arménie. Il s'occupait de soumettre aux Romains les principales villes

tablette. En sorte que tous les juges, dans la crainte d'un semblable contrôle, restèrent fidèles aux engagements qu'ils avaient pris. Le souvenir de cette corruption se perpétua assez longtemps pour qu'Horace y fit allusion dans une de ses satires : *Sat.*, II, 1, 49 : *Grande malum Turius, si quid se iudice certes.*

1. Cf. dans *Pro Caelio*, XXX, 73, quelques lignes qui sont la justification, indirecte et involontaire, d'Appius : « [Caelius] voulut, selon un vieil « usage, à l'exemple de ces jeunes gens qui, par la suite, devinrent dans « la cité des hommes éminents et des citoyens illustres, faire apprécier au « peuple Romain son activité, en accusant quelque personnage en vue ».

2. Plut., *Lucullus*, 19 et 21.

du Pont, et avait mis le siège devant Amisos. Avant de tenter un dernier effort pour emporter cette ville, qui résistait héroïquement, il envoya Ap. Claudius en ambassade auprès de Tigrane pour lui demander de lui livrer Mithridate. Voici le récit que nous a laissé Plutarque, et que nous traduisons en entier[1].

« Ap. Claudius, l'ambassadeur qui avait été envoyé auprès « de Tigrane (ce Claudius était le frère de la femme que « Lucullus avait alors pour épouse), fut d'abord conduit par « des guides du roi, qui lui firent faire à travers le haut pays « un circuit inutile, et fort long : un affranchi, Syrien d'ori- « gine, lui ayant indiqué la route directe, il abandonna son « premier itinéraire, long et trompeur, et renvoya ses « guides barbares. Alors il atteignit l'Euphrate en peu de « jours, le passa, et arriva à Antioche[2]. Ayant fait dire à « Tigrane de l'attendre là (ce roi, en effet, était absent, « occupé à détruire encore quelques villes de Phénicie), « il gagna à son amitié un grand nombre de dynastes qui « n'obéissaient qu'hypocritement à l'Arménien : parmi eux « était Zarbienos, roi de Gordyène. Beaucoup de villes « soumises au joug de Tigrane lui envoyèrent secrète- « ment des délégués : il leur promit le secours de Lucul- « lus, et les invita à rester tranquilles pour le moment. La « domination arménienne était, en effet, intolérable aux « Grecs ; surtout, le roi, au milieu de si grandes faveurs de « la fortune, était devenu d'un orgueil et d'une insolence « extrêmes : toutes les faveurs qui excitent l'envie et l'admi- « ration des hommes, non content qu'elles fussent à sa dis- « position, il les croyait créées par lui. Après des commen- « cements qui ne promettaient rien de grand ni d'enviable,

1. *O. c.*, 21. — Nous avons préféré donner le chapitre entier, sans en rien retrancher, pas même les détails sur la fortune de Tigrane : car ils sont nécessaires pour mettre en relief le courage et la simplicité d'Appius.

2. Ἀντιόχεια ἡ ἐπὶ Δάφνης : Antioche près de Daphné : c'est l'Antioche de Syrie, sur le fleuve Orontès.

« il avait soumis plusieurs peuples, humilié, comme on ne « l'avait pas fait avant lui, la puissance des Parthes, et « rempli la Mésopotamie de Grecs, qu'il avait tirés en grand « nombre de la Cilicie et de la Cappadoce pour les établir « chez lui. Il arracha à leurs habitudes les Arabes nomades, « et, les emmenant dans ses états, il en fit ses voisins, afin « de s'assurer le fruit de leur commerce. Quant aux rois, « nombreux étaient ceux qu'il avait pour vassaux : quatre « même, qui vivaient toujours auprès de lui, étaient des « manières de suivants ou d'écuyers : quand il allait à che- « val, ils couraient à ses côtés, en robe courte : assis sur « son trône et donnant audience, il les avait debout autour « de lui, les bras croisés : attitude qui entre toutes passait « pour marquer que l'on acceptait la servitude, et qu'on « avait fait l'abandon de sa liberté, livrant au maître un « corps plus prêt à endurer qu'à agir.

« Pourtant, un spectacle aussi pompeux n'excita chez « Appius ni la moindre peur, ni aucune admiration, la « première fois qu'on lui donna audience : sans phrases, « il dit qu'il était venu, ou bien pour emmener Mithridate, « dû aux triomphes de Lucullus, ou bien pour déclarer la « guerre à Tigrane : et Tigrane, bien qu'il s'efforçât, en « écoutant ce discours, d'avoir un visage calme et un sou- « rire composé, ne put dissimuler à son entourage l'émotion « que lui causait le langage hardi de ce jeune homme : « pour la première fois depuis vingt-cinq ans, il entendait « des paroles où respirât un peu de liberté. Car telle avait « été la durée de son règne, ou plutôt de sa tyrannie. Il « répondit à Appius qu'il ne livrerait pas Mithridate, et que « si les Romains l'attaquaient, il se défendrait. Irrité contre « Lucullus, parce qu'il l'avait appelé dans sa lettre « roi » « seulement, et non « roi des rois », à son tour, dans sa « réponse, il ne lui donna pas le titre d' « imperator ». Il « envoya pourtant à Appius des présents magnifiques, « et comme il les avait refusés, il en ajouta d'autres en plus

« grand nombre. Alors Appius, ne voulant point qu'on « attribuât son refus à quelque sentiment hostile, accepta « une seule coupe, renvoya le reste, et revint en toute « hâte auprès du général romain ».

Tel est le récit de Plutarque[1]. Sans doute, devons-nous faire la part des exagérations auxquelles l'historien grec a été porté par son goût des grandes scènes à signification morale : peut-être, par endroits, a-t-il perdu de vue les traits particuliers du caractère d'Appius pour ne plus voir en lui que l'ambassadeur du peuple romain, — mieux encore, le jeune patricien allant, comme Sylla chez Bocchus ou Flamininus chez Prusias, réclamer à un roi barbare la tête d'un vaincu. Cependant, et ces réserves faites, nous pouvons retenir du récit de Plutarque les traits suivants :

1° Appius se montra habile : il sut profiter du temps que lui laissait l'absence de Tigrane pour gagner l'amitié de plusieurs petits rois asiatiques et leur donner confiance dans la puissance de Rome. Nous possédons un fragment de Salluste[2] qui confirme le témoignage de Plutarque à cet égard.

2° Appius eut en face de Tigrane une attitude courageuse, et sut lui tenir un langage digne de la majesté romaine. Là encore, Salluste confirme Plutarque[3]. Nous pouvons voir dans cette attitude un effet heureux de l'orgueil patricien qu'Appius possédait à un haut degré, et qui ne devait pas dans la suite de sa vie l'inspirer toujours aussi bien.

3° Enfin, s'il faut en croire Plutarque, — car nous ne pos-

1. Drumann, *G. R.*, II², p. 173 et n. 4, a prétendu que le personnage désigné par Plutarque n'était pas Ap. Claudius Pulcher, mais son frère P. Clodius, le futur tribun du peuple ; Appius ne serait jamais venu en Asie avant l'année 53 (*ibid.*, p. 161). Cette thèse est insoutenable. Gröbe, qui avait d'abord essayé de l'appuyer, l'a abandonnée par la suite (*o. c.*, IV², p. 142, n. 4 et p. 156 ; cf. p. 152).

2. Sall., *Hist.*, IV, fragm. 56 (Maurenbrecher, p. 179) : *tetrarchas regesque exterritos animi firmauit.*

3. *Ibid.*, fragm. 57 : *insolens uera accipiendi* (il s'agit de Tigrane surpris par le langage hardi d'Appius).

sédons que son seul témoignage — Appius montra dans cette ambassade un désintéressement fort louable. C'est une qualité qui ne devait pas briller en lui dans la suite.

Mais, même alors, est-il bien sûr qu'il en fit preuve? Si nous dépouillons les faits de l'interprétation qui, chez Plutarque, se mêle au récit, et le colore, voici comme ils se présentent à nous. Tigrane envoie des présents à Appius : Appius les refuse. Tigrane en envoie d'autres en plus grand nombre : Appius prend une coupe, renvoie le reste, et se hâte de retourner auprès de Lucullus. D'après Plutarque, il accepte cette coupe pour ne point offenser Tigrane. Mais ne l'avait-il pas bien autrement offensé en le mettant dans la brutale alternative d'une trahison envers son beau-père et son hôte, ou d'une guerre avec Rome, en lui remettant une lettre où on lui refusait ses titres habituels? D'autre part, cet envoi redoublé de présents a tout l'air d'une tentative redoublée de corruption. Dans ces conditions, une délicatesse élémentaire commandait à Appius de ne rien accepter du tout. En prenant cette coupe, n'a-t-il pas tout simplement cédé à la tentation de posséder un objet dont son goût déjà vif des œuvres d'art lui signalait la valeur ? Et ce départ précipité? Quand on lit Plutarque, on l'attribue à la diligence du légat dévoué à son chef. Mais n'est-il pas permis de se demander s'il ne fuyait pas simplement de nouvelles avances de Tigrane, probables après le demi-consentement où l'avait déterminé une faiblesse d'amateur délicat? Il se pourrait donc que notre personnage, au lieu d'avoir fait preuve de désintéressement en cette occasion, ait au contraire donné là le premier exemple à la fois de son peu de scrupules et de son goût des œuvres d'art. Quoi qu'il en soit, et qu'il ait été honnête plus ou moins, il vit de près les richesses de l'Orient, et comprit en même temps comment les mœurs orientales en rendaient l'accès facile à un magistrat romain. D'autre part, ce grand monarque, redouté de tous les petits rois d'Asie, entouré d'une cour magnifique,

Appius le voyait changer de visage à ses paroles : quel mépris ne devait pas lui inspirer tant de faiblesse sous de si pompeuses apparences? et comme ce mépris était bien propre à changer un orgueil légitime en insolence !

Aussi bien, quand nous le supposerions à ce moment-là aussi vertueux que le veut Plutarque, les conditions mêmes où sa vertu était appelée à s'exercer ne pouvaient manquer de lui être funestes. La cupidité et l'insolence dont il fit preuve dans la suite avaient trouvé en Asie le terrain le plus propre à les développer. Le contraste de deux civilisations, que Plutarque exagère en le résumant dans l'opposition dramatique de deux hommes, ne put manquer de frapper vivement Appius : sans nul doute, il en conçut l'idée que l'Orient, habité par des peuples d'une autre race, par des barbares, n'était autre chose qu'un champ ouvert aux nobles Romains avides de domination et de lucre.

Nous ne savons pas à quelle date Ap. Claudius revint à Rome. Nous savons seulement qu'il siégeait au Sénat l'année où Cicéron fut consul (63)[1]. C'est ce que nous apprenons par un passage du *Pro Sulla,* que Cicéron prononça en 62, pour défendre P. Cornelius Sulla, accusé d'avoir pris part à la conjuration de Catilina. Le même passage[2] nous donne témoignage des plus anciens rapports que nous connaissions entre Cicéron et celui à qui il devait adresser, douze ans plus tard, les lettres du livre III des *Familières.*

L'accusateur, L. Torquatus, fils du consul de 65, prétendait, entre autres choses, que L. Cassius, un des conjurés qui avaient négocié avec les députés Allobroges, leur avait cité Sylla comme faisant partie de la conjuration au même titre que son ancien collègue Autronius : si le nom de Sylla ne figurait pas dans la déposition faite par les Allobroges au Sénat, c'est qu'on avait rédigé, de la séance du

1. Sans doute, dans l'intervalle, il avait été questeur, puisqu'en 63 il était sénateur.

2. *Pro Sulla,* XIV, 42.

3 décembre, un compte rendu infidèle. Cicéron répondit à cela qu'il avait chargé un certain nombre de sénateurs d'écrire tout au long ce qui se dirait pendant cette séance si importante. « Et quels hommes avais-je choisis ! Ils n'étaient « pas seulement pleins de mérite et de loyauté, — de « pareilles gens sont légion au Sénat — mais je savais aussi « que leur mémoire, leur haute culture, la rapidité de leur « écriture leur permettraient plus qu'à tout autre de suivre « facilement tout ce qui se dirait : c'étaient C. Cosconius, « alors préteur, M. Messala, qui était candidat à la préture, « P. Nigidius, Ap. Claudius. Je crois qu'il n'est personne pour « penser que ces hommes-là aient été empêchés de faire un « rapport exact par manque de foi ou insuffisance d'esprit ».

De C. Cosconius, Cicéron parle fort peu, et de façon insignifiante, dans ses lettres ou ses ouvrages. Mais Messala était de ses amis, et Nigidius parmi les plus intimes. Il y a donc dans l'énumération de Cicéron comme une progression, dont le nom d'Appius est le dernier terme. Remarquons en outre que Cicéron dit *Ap. Claudium* tout court, sans nulle désignation particulière, comme si ce nom illustre était à lui seul assez éloquent.

Tout ceci ne laisse pas d'être très flatteur pour Ap. Claudius. Sans doute, Cicéron était forcé, pour les besoins mêmes de la défense, de louer très haut les rédacteurs du compte rendu. Deux faits pourtant doivent être retenus :

1° Pendant son consulat, Cicéron a choisi Ap. Claudius pour une fonction délicate.

2° Les termes dans lesquels il rappelle ce choix, l'année suivante, prouvent d'abord qu'il tenait Ap. Claudius en très haute estime ; et ensuite que ce personnage jouissait alors, malgré son jeune âge, de tout le prestige d'un grand nom qui est porté sans indignité.

Qu'Ap. Claudius ait été, dans la lutte contre Catilina et ses complices, un collaborateur de Cicéron, il n'y a là rien qui doive nous étonner. Publius lui-même, si l'on en croit Plutarque, fut pour le consul un auxiliaire dévoué et un garde du corps[1]. Il est hors de doute que l'inimitié de Cicéron avec P. Clodius et avec la gens Claudia tout entière date de ce fameux procès de 61, où Clodius, accusé de sacrilège, vit Cicéron témoigner contre lui. On connaît les faits : Clodius avait réussi à pénétrer dans la maison du préteur C. Julius Caesar le jour où l'on y célébrait la fête de la Bonne Déesse; les femmes seules avaient le droit de participer à à cette cérémonie : il s'était déguisé en femme. Mais des esclaves le reconnurent. Ce fut un grand scandale : les augures et les pontifes, consultés, conclurent au sacrilège, et Clodius fut traduit en justice. Il fournit un alibi : le jour où l'on avait célébré dans la maison de César la fête de la Bonne Déesse, il était, disait-il, à Interamna, à quatre-vingt-dix milles de Rome. Mais Cicéron vint témoigner que trois heures avant la profanation des mystères il avait reçu, à Rome, la visite de Clodius. Cette intervention n'amena pas la condamnation de l'accusé ; elle devait faire le malheur du témoin.

Quels motifs poussèrent Cicéron à prendre si violemment parti contre Publius? Ils restent assez obscurs ; pourtant, il ne sera pas inutile de chercher à s'en faire une idée, pour mieux comprendre les rapports ultérieurs de Cicéron et d'Appius. Cicéron fut d'abord sincèrement indigné du sacrilège commis. Bien que sceptique, il entendait qu'on respectât les choses de la religion. D'ailleurs, un souvenir ému se rattachait pour lui à cette fête de la Bonne Déesse. L'année précédente, en 63, elle s'était célébrée chez lui, le soir du jour où il avait fait arrêter les complices de Catilina; une sorte de prodige en avait marqué la célébration : on vit tout d'un coup s'élever sur l'autel, du milieu des cendres, une flamme immense; les Vestales virent là un présage favo-

1. *Plut.*, *Cic.*, 29 : Κικέρων δ'ἦν μὲν αὐτοῦ φίλος, καὶ τῶν περὶ Κατιλίναν πραττομένων ἐχρῆτο προθυμοτάτῳ συνεργῷ καὶ φύλακι τοῦ σώματος...

rable, et Terentia s'empressa d'aller porter à son mari l'heureuse nouvelle[1].

Cicéron jugea donc d'abord l'acte de Publius « avec la sévérité d'un Lycurgue »[2]. Mais la personnalité de Clodius n'était pour rien dans la rigueur de sa réprobation : il écrivait à Atticus, le 25 janvier : « Tu as entendu dire, je pense, qu'un homme a assisté, déguisé en femme, au sacrifice qui se faisait pour le peuple dans la maison de César »[3]. « Un homme » : il n'envisage que ce que l'incident présente en général de répréhensible. Il était même, au moment où il écrivait cette lettre, disposé à l'indulgence. Il voyait, autour de lui, beaucoup d'honnêtes gens céder aux prières de Publius : il sentait son indignation se fondre chaque jour un peu.

Mais, le 13 février, ses dispositions sont changées[4]. Il a pris parti : d'un côté il y a les *optimates*, les *boni*, Caton, le consul Valerius Messala, Favonius, Hortensius; de l'autre, *perditae res atque partes*[5] : c'est là qu'on trouve, à côté de Clodius, Curion et son fils, le consul Pison, le tribun Fafius. Au cours des débats sur la juridiction à laquelle Clodius serait soumis, Cicéron se jette avec ardeur dans la bataille : *Quas ego pugnas et quantas strages edidi*[6] !

En somme, l'étude des lettres à Atticus I, 13, 14 et 16, conduit à distinguer trois attitudes différentes de Cicéron dans l'affaire de P. Clodius:

1° Décembre 62 — janvier 61. Sévérité sur l'acte commis, sans nulle animosité contre son auteur.

2° Vers le 25 janvier. Dispositions à l'indulgence.

1. Plut., *Cic.*, 19 et 20.
2. *Ad Att.*, I, 13, 3 : *nosmet ipsi, qui Lycurgei a principio fuissemus.*
3. *Ad Att.*, *l. c.*
4. *Ibid.*, I, 14.
5. *Ibid.*, I, 14, 6.
6. *Ibid.*, I, 16.

3° A partir du 13 février ou un peu avant, attitude nettement hostile à Clodius, et qui ne fera que s'accuser dans tout le cours du procès et au delà.

Plutarque raconte[1] que Cicéron fut poussé à prendre parti si violemment par sa femme Terentia. Clodia, la deuxième sœur de Clodius, femme de Q. Metellus Celer, aurait manifesté à Cicéron le désir de l'épouser; elle habitait une maison voisine de la sienne et communiquait avec lui par l'intermédiaire d'un certain Tullus, familier de Cicéron. Terentia, jalouse, aurait excité Cicéron à intervenir pour faire condamner Clodius. M. Lacour-Gayet adopte l'explication de Plutarque[2]. M. Ferrero[3] imagine, assez vraisemblablement, que « Clodius, pour obtenir l'appui de Cicéron, avait essayé de le faire séduire » par sa sœur. Si l'on complète par cette hypothèse les explications que donne Plutarque, on a le moyen d'interpréter avec beaucoup de vraisemblance les divers changements d'attitude que révèlent les lettres de Cicéron. La période d'indulgence correspondrait aux tentatives de séduction de Clodia. Entre le 25 janvier et le 13 février se placerait l'intervention de Terentia, qui ouvrit l'ère de la lutte à outrance.

Des motifs d'un autre ordre s'ajoutent, croyons-nous, à ceux-là pour expliquer l'attitude de Cicéron durant cette troisième période. A mesure que le scandale devenait une affaire politique, Cicéron sentait la nécessité de prendre parti : comme à l'époque encore récente de son consulat, l'ordre public était menacé; on voyait reparaître autour de Clodius les mêmes jeunes gens qui avaient été les auxiliaires

1. Plut., *Cic.*, 29.

2. *De P. Clodio Pulchro tribuno plebis*, p. 22. Il cite à l'appui *Ad Att.*, I, 16, 10 : « *Narra patrono tuo, qui Arpinatis aquas concupiuit* » Drumann a cité aussi ce passage (*G. R.*, II², p. 183 et note 5). Mais on convient aujourd'hui qu'il faut l'entendre simplement de C. Curio, avocat de P. Clodius, qui avait acheté à Baïes une propriété ayant autrefois appartenu à C. Marius.

3. *Grandeur et décadence de Rome*, I, p. 345.

de Catilina[1]. Garder le silence dans de pareilles circonstances, c'eût été mentir à son passé : bien plus, c'eût été commettre une imprudence, car la démagogie victorieuse n'aurait pas épargné le consul de 63[2].

L'intervention de Cicéron dans le procès de 61, cause initiale de sa brouille avec P. Clodius, fut donc motivée à la fois par des raisons domestiques et par des raisons politiques. On comprend que, fâché avec les deux frères, ayant le souvenir du rôle joué par la sœur dans les commencements de sa querelle avec Publius, Cicéron se soit imaginé en lutte avec la famille des Claudii tout entière. On comprend, d'autre part, que lui qui avait combattu en P. Clodius le démagogue, le perturbateur de l'ordre et le contempteur des lois, il n'ait pas eu de peine à se réconcilier avec un homme qui, sans doute, portait le même nom, mais qui s'était rangé parmi les amis de l'ordre et devait acquérir une autorité chaque jour plus grande parmi les défenseurs de la République.

Clodius, absous grâce à la vénalité de ses juges, se fit adopter par un plébéien, et devint tribun du peuple. Alors il fit exiler Cicéron, confisquer ses biens, brûler sa maison, et, sur l'emplacement, ériger une statue de la Liberté. Cicé-

1. *Ad Att.*, I, 14, 5 : *Barbatuli iuuenes, totus ille grex Catilinae.*

2. Drumann, *G. R.*, II², p. 183, sans nier les faits rapportés par Plutarque, doute que Terentia ait pu exercer une influence sur la conduite de Cicéron ; la principale cause de son intervention dans le procès serait une boutade de Clodius, qui l'appela en public « l'homme qui savait tout » : allusion à ce qu'avait dit Cicéron après qu'il eut fait arrêter les complices de Catilina sans avoir encore de preuve certaine. Mais le ton même de la lettre où est rapporté le propos montre que Cicéron n'y attacha pas grande importance : *Clodius contiones miseras habebat in quibus Lucullum, Hortensium, C. Pisonem, Messalam consulem contumeliose laedebat : me tantum « comperisse omnia » criminabatur* (*Ad Att.*, I, 14, 5). Dans une lettre antérieure, Cicéron écrivait à Antoine, son ancien collègue : *Nam « comperisse » me non audeo dicere, ne forte id ipsum uerbum ponam quod abs te aiunt falso in me solere conferri* (*Ad fam.*, V, 5, 2). On ne comprend pas pourquoi, dans la bouche de Clodius, le même mot, sur lequel il badine ici, l'aurait tout d'un coup si fort irrité.

ron lui dut encore, après son retour à Rome, cinq ans d'une vie politique sans gloire, où le souvenir de ses malheurs et la crainte d'un exil nouveau le condamnèrent à faire fléchir ses principes et taire ses rancunes dans l'intérêt de son salut. Il ne fut délivré que par la mort de Clodius, tué le 10 janvier 52, dans une rixe, par les esclaves de Milon.

Ap. Claudius n'était pas à Rome au moment du procès de son frère : il faisait un séjour en Grèce. On lui envoya même quelques esclaves dont on craignait que, mis à la torture, ils ne dénonçassent la présence de Clodius aux mystères de la Bonne Déesse[1]. Cicéron nous dit[2] qu'Appius rapporta de Grèce des statues et des tableaux qui devaient contribuer à rendre son édilité fastueuse[3]. A quelles conditions Appius se procura-t-il ces œuvres d'art? Nous ne le savons point. A en croire Cicéron, il les aurait volées : mais il va sans dire que son témoignage est suspect, datant d'une époque où ils étaient ennemis déclarés. Dans tous les cas, il ne fut pas édile : car l'amitié du consul Pison, celui-là même qui fit exiler Cicéron, lui permit de se présenter directement à la préture[4]. N'ayant donc point à orner théâtres et cirques avec les sta-

1. Scolies de Bobio *ad orationem in P. Clodium et Curionem*, Orelli, V, 2, p. 338.

2. *Pro domo*, XLIII, 111 et 112.

3. Ce qui ne signifie point, comme le veut Drumann, *G. R.*, II², p. 161, qu'il soit allé en Grèce exprès pour les y chercher.

4. C'est ce qui résulte d'une phrase, d'ailleurs obscure, du *Pro Domo*, XLIII, 112 : *Is posteaquam intellexit posse se interuersa aedilitate a L. Pisone consule praetorem renuntiari, si modo eadem prima littera competitorem habuisset aliquem, aedilitatem duobus in locis, partim in arca, partim in hortis suis collocauit.* — Voici comment nous expliquons cette phrase : Ap. Claudius attendait depuis son retour de Grèce le moment favorable pour se présenter à l'édilité; tout était prêt, argent et œuvres d'art. Mais Pison, consul en 58, lui fit entendre qu'il pourrait le faire prêteur tout de suite, si seulement il trouvait un candidat dont le nom eût les mêmes initiales que le sien : on désignait, en effet, sur les tablettes de vote, les candidats par leurs initiales; le consul se chargeait d'exploiter la confusion au profit de son protégé. Appius pourrait ainsi faire l'économie de ce qu'il destinait à son édilité, et *en profiter au lieu* du peuple (c'est le sens ordinaire de *interuertere*).

tues rapportées de Grèce, il les plaça dans ses jardins[1], sauf une, qu'il donna à son frère Publius. Cette statue provenait du tombeau d'une courtisane de Tanagra. Le tribun en fit effrontément une statue de la Liberté, et la dressa sur les ruines de la maison de Cicéron[2].

1. Appius — nous le savons par Varron, *De re rust.*, III, 2, 5 — avait une villa luxueuse à l'extrémité du Champ de Mars.

2. *Pro domo,* XLIII, 112; *Ad Att.,* IV, 2, 3, où nous comprenons : *suam Libertatem,* leur liberté, *suam* renvoyant à la fois à *se* et à *Appium*. Dans l'un et l'autre passage, Cicéron fait un jeu de mots sur *Libertas* : c'est à la fois la Liberté et leur licence.

CHAPITRE II

LA PRÉTURE D'AP. CLAUDIUS (57)

SA BROUILLE AVEC CICÉRON

Ap. Claudius fut élu préteur en 58, pour l'année suivante. Cicéron était en exil : il avait quitté Rome au mois de mars, fuyant devant les persécutions du tribun P. Clodius. Il apprit à Thessalonique l'élection du frère de son ennemi. Cette nouvelle dut augmenter son désespoir de jamais revenir à Rome. Pourtant, dans sa détresse, c'est à son frère Quintus qu'il pensa d'abord. Celui-ci avait quitté l'Asie, qu'il gouvernait depuis trois ans, presque au même moment où M. Tullius s'embarquait à Brindes. Ils ne s'étaient pas rencontrés : peut-être Quintus avait-il été averti qu'on se préparait, à Rome, à l'accuser, et cette pensée avait-elle hâté son retour. Une lettre que Cicéron adresse à Atticus, le 3 septembre[1], nous montre que Quintus avait, en effet, lieu de craindre. On n'a pas encore déféré au préteur le nom de Quintus[2] : mais on dit que le fils de C. Claudius[3] est prêt à le faire. Telles sont les nouvelles que Cicéron a reçues

1. *Ad Att.*, III, 17.

2. La *delatio nominis* consistait à donner au préteur, président du jury, le nom de la personne qu'on accusait, en formulant son accusation oralement ou par écrit.

3. C. Claudius, le deuxième des Claudii, avait deux fils. C'est de l'aîné qu'il s'agit ici : le second devait, à cette époque, être trop jeune encore pour se faire accusateur.

de Rome. Une lettre plus récente d'Atticus lui a appris que c'est précisément Ap. Claudius qui doit présider le tribunal chargé de juger *de pecuniis repetundis*. Aussi l'anxiété de Cicéron est-elle grande.

L'accusation ne fut pas portée. Quintus put librement s'occuper à provoquer le rappel de son frère, et nous savons par celui-ci qu'il le fit avec chaleur. Dans cette action, il ne se heurta point à Appius : il put même, dans la suite, dire à Cicéron que le préteur n'avait pas eu à son égard de sentiments vraiment hostiles[1]. Nous connaissons ce témoignage de Quintus par une lettre de Cicéron, qu'il écrivit, étant en Cilicie, à Appius, alors qu'ils s'étaient réconciliés, puis presque brouillés de nouveau. Il est hors de doute que Cicéron, qui produit à Ap. Claudius le témoignage de son frère pour lui prouver qu'il n'a aucune raison de lui en vouloir, fait dire à Quintus un peu plus qu'il n'a dit. Ap. Claudius, pendant sa préture, soutint ouvertement son frère contre Cicéron, et cela amena entre eux une brouille qui dura trois ans. Si d'ailleurs on rapprochait de cette lettre certains passages de certains discours comme le *Pro Domo* ou le *Pro Sestio*, on serait forcé de penser ou bien que Cicéron n'avait pas encore reçu, quand il les prononça, le témoignage de son frère, ou bien que ce témoignage n'était pas aussi favorable qu'il le dit.

Les consuls de l'année 57 étaient Lentulus Spinther et Metellus Nepos, le premier favorable, le second hostile à Cicéron. Sept préteurs sur huit, huit tribuns sur dix étaient prêts à soutenir la cause de l'exilé[2]. Seuls, Ap. Claudius parmi les préteurs, Numerius Quintius et Atilius Serranus parmi les tribuns, étaient opposés à son retour. P. Clodius,

1. *Ad fam.*, III, 10, 8 : *Quid erat autem cur ego in te tam implacabilis essem, cum te ex fratre meo ne tunc quidem, cum tibi prope necesse esset eas agere partes, inimicum mihi fuisse cognossem?*

2. *Post reditum, in senatu*, VIII et IX, 19, 23; *Ad Att.*, IV, 1, 6; *Pro Sestio*, XL, 87; *In Pisonem*, XV, 35; *Pro Milone*, XV, 39; Dio, XXXIX, 6, 3.

sorti de charge le 29 décembre 58, n'était plus qu'un simple particulier. Et cependant, ce ne fut que le 4 août 57 que l'on put faire voter par les comices la loi qui rappelait Cicéron.

Le 1er janvier, le consul Lentulus Spinther proposa au Sénat le rappel de l'exilé. Mais l'opposition du tribun Atilius Serranus fit échouer sa tentative. Alors un autre tribun, ami de Cicéron, Q. Fabricius, annonça son intention de porter une rogation devant le peuple. Le jour qu'il avait fixé pour la réunion de l'assemblée (23 janvier)[1], il occupe le forum avant l'aurore. P. Clodius était là aussi, avec une bande qu'il avait renforcée de gladiateurs appartenant à son frère Appius. Celui-ci avait pris soin de déclarer qu'il venait d'observer le ciel[2] : ce qui rendait impossible toute assemblée ce jour-là. Les ennemis de Cicéron ne se contentèrent pas, d'ailleurs, de cette opposition à forme légale ; la violence était dans leurs habitudes, et seule elle pouvait quelque chose contre des gens qui étaient bien décidés eux-mêmes à l'employer : car avaient-ils des intentions très pacifiques, ceux qui avaient occupé le forum avant le jour? Il y eut une bataille sanglante. La victoire resta à Clodius. Le frère de l'exilé ne dut son salut qu'à la nuit. « Le Tibre, nous dit Cicéron, charria des corps, les égouts débordèrent, et l'on étancha le sang sur le forum avec des éponges ». Il ajoute : « On eut l'idée que de telles forces, et un si magnifique appareil, n'étaient pas l'œuvre d'un simple particulier ou d'un plébéien, mais bien d'un patricien et d'un préteur ».

Le rôle d'Appius dans cette journée fut donc double : il essaya d'empêcher la réunion en usant de son droit d'auspices; il prêta ses gladiateurs à son frère et à ses amis, en évitant toutefois une intervention personnelle compromettante. Ces gladiateurs dont Appius s'était composé une petite

1. *VIII Kal. Febr.* (*Pro Sestio,* XXXV, 75). — Pour tout ce récit de l'émeute du 23 janvier, cf. *Pro Sestio* XXXV, XXXVI et XXXVII.

2. Nous conservons au § 78 la leçon *dixerat* des manuscrits.

armée, Milon, un jour, put s'en emparer : amenés devant le Sénat, ils firent l'aveu de leurs violences, et on les jeta en prison. Mais le tribun Serranus les délivra[1].

T. Annius Milo était, de tous les tribuns amis de Cicéron, le plus énergique. Il entreprit d'accuser P. Clodius de violence, d'après la loi Plotia. Mais le consul Metellus, le préteur Ap. Claudius, le tribun Serranus unirent leurs efforts pour empêcher le procès[2]. Dion Cassius[3] nous dit à quel moyen ils eurent recours : « Milon avait déféré son nom (de « Clodius) ; mais il ne l'avait pas mis en accusation, parce « que les questeurs, qui devaient tirer au sort le nom des « juges, n'avaient pas été élus. Nepos avait défendu au pré- « teur de recevoir aucune accusation avant que les juges « eussent été désignés, et les édiles devaient être nommés « avant les questeurs. Ce fut là surtout ce qui fit ajourner « l'accusation contre Clodius »[4].

Il nous est difficile de ne pas reconnaître l'influence d'Appius dans ce décret du consul. Nous retrouverons la même ingéniosité à interpréter la loi ou la coutume, et la même assurance dans la mise en vigueur d'une interprétation personnelle[5] chez le consul de 54.

Cependant, les amis de Cicéron, et en particulier les sénateurs, peu à peu reprenaient courage. Sur l'initiative du consul Lentulus Spinther, le Sénat, réuni dans le temple de la Vertu, vota des remerciements aux villes qui avaient accueilli l'exilé, et à son hôte le plus notoire, Cn. Plancius ; il invita tous les Italiens à venir voter pour le rappel de

1. *Pro Sestio*, XXXIX, 85.
2. *Ibid.*, XLI, 89.
3. Dio, XXXIX, 7, 3.
4. Traduction Gros. — Ce passage de Dion est le seul, à notre connaissance, où il soit question d'une intervention quelconque des questeurs dans l'établissement de la liste des juges.
5. Cf. ce que dit Cicéron de ce décret, *Pro Sestio*, XLI, 89 : *Ecce tibi consul, praetor, tribunus plebis noua noui generis proponunt : « ne reus adsit, ne citetur, ne quaeratur, ne mentionem omnino cuiquam iudicum aut iudiciorum facere liceat ».*

Cicéron, quand la loi serait proposée au peuple, et déclara que quiconque voterait contre serait considéré comme un ennemi de la République[1]. Cette attitude énergique confondit les agitateurs, et donna du courage aux très nombreux citoyens qui, las depuis longtemps des violences de Clodius, les subissaient pourtant sans oser élever la voix. C'est à ce moment qu'il faut placer des incidents qui eurent lieu au forum tandis que la foule s'y pressait pour assister à des combats de gladiateurs. Cicéron les a racontés avec beaucoup de verve dans le *Pro Sestio*[2]; nous ne pouvons mieux faire que de traduire le passage.

« Ce préteur, qui[3] avait pris l'habitude de questionner « l'assemblée du peuple à mon sujet (ne suivant pas en cela « l'exemple de son père, de son grand-père, de son aïeul, « enfin de tous ses ancêtres, mais bien la misérable cou- « tume des Grecs), et qui lui demandait si elle voulait « mon retour, pour entendre s'élever les protestations sans « force de voix mercenaires, et dire après que le peuple « romain ne le voulait pas : cet homme, bien qu'il vînt chaque « jour voir combattre les gladiateurs, jamais on ne s'aperçut « de son arrivée. Il apparaissait tout d'un coup, après s'être « glissé sous les planches, si bien qu'on s'attendait à le voir « s'écrier : « Ma mère ! c'est toi que j'appelle ! »[4] Cette voie « secrète par laquelle il se rendait au spectacle, on com- « mençait à l'appeler la voie Appienne. Pourtant, à quelque

1. Nous adoptons la version de Drumann, *G. R.*, II², p. 248 et 249.
2. LIX, 126.
3. Nous adoptons, avec tous les éditeurs modernes, la conjecture de Garatoni. Le principal ms. (Parisinus) porte : *ille et R qui*. On voit comment la correction s'effectue : par reconstitution : [*prætor*] *qui*. — Manutius avait conjecturé *tribunus plebis*, et Orelli l'a suivi dans sa 1re édition (1826). Il s'agissait pour eux d'Atilius Serranus. — Drumann veut que l'objet de ces manifestations hostiles soit P. Clodius (*G. R.*, II², p. 249). Gröbe a gardé le texte de Drumann, tout en indiquant en note (n. 8) que c'est d'Appius et non de Publius qu'il s'agit dans le passage du *Pro Sestio*.
4. Une scolie d'Asconius (scolies de Bobio) nous apprend qu'il est fait ici allusion au rôle de Polydore dans l'*Ilion* de Pacuvius.

« moment qu'on l'aperçût, c'était aussitôt une bordée de « sifflets qui effrayaient non pas seulement les gladiateurs, « mais leurs chevaux mêmes ».

Appius comprit sans doute qu'il n'arriverait à rien et ne ferait qu'augmenter son impopularité, s'il cherchait à combattre la volonté des *optimates*, soutenue par le vœu du plus grand nombre. A partir de ce moment, il laissa faire[1]. L'action du Sénat était d'ailleurs de plus en plus énergique, et Pompée l'appuyait : réunis dans la curie, les sénateurs décrétèrent qu'on ne pourrait observer le ciel ni empêcher les comices par quelque moyen que ce fût, sans être déclaré ennemi de l'État et traduit à ce titre devant le Sénat[2]. Clodius, ni son frère, ni ses amis, ne pouvaient plus rien. La loi fut proposée aux comices le 4 août, et votée.

Un mois après, jour pour jour[3], Cicéron rentrait dans Rome : à l'en croire, aux applaudissements d'une foule délirante. Mais trois jours ne s'écoulèrent point sans qu'il se heurtât à la mauvaise volonté d'Appius. En effet, comme on se plaignait à Rome du manque de blé, Cicéron proposa au Sénat que l'on chargeât Pompée de l'approvisionnement : on lut le sénatus-consulte aux citoyens qui s'étaient assemblés autour de la curie : quand ils entendirent nommer Cicéron, ils applaudirent. Alors Cicéron leur adressa un discours. Simple particulier, il ne pouvait le faire qu'avec l'autorisation d'un magistrat : tous ceux qui étaient là lui offrirent la leur, sauf un préteur et deux tribuns[4]. C'étaient toujours les mêmes qui, depuis le début de l'année, avaient contrarié

1. Nous ne croyons pas pouvoir tenir compte de *Pro domo*, XXXIII, 87 : *redii cum maxima dignitate te uiuo, fratre tuo altero consule reducente, altero praetore petente*. Ce texte est en contradiction avec cinq autres textes de Cicéron (cf. les références données plus haut, p. 16, n. 2. Il a été corrigé de diverses façons, toutes également arbitraires (cf. éd. critique de C. F. W. Müller).

2. *Post reditum, in senatu*, XI, 27; *In Pisonem*, XV, 35.

3. *Ad Att.*, IV, 1, 5.

4. *Ibid.*, 1, 6.

les efforts des amis de Cicéron. Leur intervention hostile après le retour même de l'exilé prouve que leur silence au moment du rappel était dû à l'impuissance et non point à la lassitude.

Le 29 septembre, Cicéron plaida devant les pontifes[1] pour qu'ils lui permissent de rebâtir sa maison : on se rappelle que l'emplacement en avait été consacré à la Liberté. Quand les pontifes eurent rendu leur arrêt, Clodius voulut parler au peuple pour lui expliquer que cet arrêt était défavorable à Cicéron : ce fut d'Appius qu'il reçut l'autorisation nécessaire[2]. Si nous en croyons Cicéron, les deux frères unirent leurs efforts pour entraîner le peuple à une manifestation sur le Palatin, au lieu où était autrefois la maison de Cicéron et où s'érigeait à présent une statue de la Liberté. Mais ils n'y réussirent point.

Le Sénat autorisa Cicéron à rebâtir sa maison, conformément à l'avis des pontifes, et lui accorda une indemnité de deux millions de sesterces[3]. On se mit aussitôt à l'œuvre sur le Palatin. Mais, le 3 novembre, des hommes armés survinrent qui dispersèrent les ouvriers, détruisirent ce qu'on avait déjà rebâti du portique de Catulus[4], et mirent le feu à la maison de Quintus[5]. Le 11 novembre, Cicéron lui-même fut attaqué par Clodius et sa bande au moment où, descendant du Palatin, il s'était engagé sur la Voie sacrée. Trois jours après, comme on s'indignait au Sénat de la conduite de Clodius, le consul Metellus et le préteur Ap. Claudius se mirent à faire de l'obstruction : ils parlèrent indéfiniment et sans autre dessein que de ne pas laisser aux

1. C'est le discours *Pro domo sua*.
2. *Ad Att.*, IV, 2, 3.
3. *Ibid.*, 5.
4. Cf., pour ces événements et toute la suite du récit, la lettre *ad Att.*, IV, 3.
5. Ce portique avait été bâti par Catulus, vainqueur des Cimbres, et détruit par Clodius. Le Sénat en avait décidé la reconstruction.

sénateurs le temps de s'occuper de Clodius. Pourtant, Marcellinus, consul désigné, proposa par écrit que l'on mît Clodius en jugement avant les comices : il devait, en effet, se présenter à l'édilité, et, une fois élu, il eût été inviolable. Alors Metellus, Appius et Publius parlèrent au peuple : le premier fut violent et embrouillé, le second plein d'effronterie, le troisième fou furieux.

Milon avait juré d'empêcher les comices par la force, s'ils avaient lieu avant que Clodius eût été mis en accusation. En effet, dans la nuit du 18 au 19 novembre, il occupa le Champ de Mars avec des forces si imposantes que Clodius n'osa paraître. Cicéron écrit à Atticus : « Les efforts des trois cousins (Metellus, Appius, Publius) ont échoué piteusement : leur violence est vaincue, et leur fureur n'est que ridicule »[1]. Tant que Milon fut tribun on ne put assembler les comices. Mais on ne réussit pas davantoge à traduire Clodius en justice. Et le 20 janvier 56, il était nommé édile curule.

Tel fut le rôle d'Ap. Claudius pendant sa préture. Comment faut-il l'interpréter? Appius fut-il poussé par une haine qui, pour des raisons mystérieuses, aurait animé toute sa famille contre Cicéron? Sans doute, Cicéron, dont l'imagination était vive et volontiers théâtrale, ne pouvait manquer de se représenter, à certains moments, comme poursuivi par l'inimitié de la gens Claudia tout entière[2]. Mais il n'y avait, dans la réalité, rien de tel. Assurément, il serait surprenant qu'une inimitié comme celle qui divisait Cicéron et Publius eût existé entre deux hommes sans que les membres de leurs familles y fussent le moins du monde

1. *Ad Att.*, IV, 3, 4.

2. Cf. *Pro Sestio*, XXXVII, 81 : *si illo die gens ista Clodia quod facere uoluit effecisset*. Et peut-être faut-il considérer comme des allusions à la *gens Clodia* tout entière des expressions telles que : XXXVII, 79 : *manus illa Clodiana* ; XXXVIII, 82 : *inuidiam facinoris Clodiani* ; XXXIX, 85 : *exercitu Clodiano* ; XLIII, 94 : *seditionis Clodianae*, etc.

mêlés[1]. Il est certain, d'autre part, que les membres de la gens Claudia ne laissaient pas de se soutenir entre eux : Appius devait, pendant son consulat, soutenir la candidature de son frère Caius en faisant accuser un rival[2]; et les fils de Caius devaient se charger, en 52, de l'accusation de Milon, meurtrier de Publius[3]. Nous avons vu comment Appius soutint son frère P. Clodius pendant tout le temps de sa préture, et comment sa protection le mena à l'édilité sans qu'on ait pu réussir à le traduire en justice. Il a pu fort bien faire cela par amitié pour son frère : mais non point en haine de Cicéron. Tout au plus Ap. Claudius Pulcher, qui était plein de la morgue de sa race, pouvait-il avoir été indisposé par l'insupportable vanité de cet homme nouveau.

Mais cette irritation patricienne, et l'amitié fraternelle, n'auraient pu suffire à déterminer l'attitude d'Appius. La preuve en est que, trois ans plus tard, il n'hésita pas à s'attirer la colère de son frère en se réconciliant avec Cicéron. Nous avons les indices d'une brouille entre les deux frères à partir de 54 : et il est infiniment probable qu'elle eut pour cause la réconciliation d'Appius avec Cicéron. En 54, Ap. Claudius, qui était alors consul, provoqua une accusation contre M. Aemilius Scaurus, dont il redoutait pour son frère Caius la rivalité aux élections consulaires. Publius offrit ce spectacle peu banal de défendre Scaurus aux côtés de Cicéron[4]; Cicéron fit même allusion dans son discours aux sentiments peu fraternels de Publius à l'égard d'Appius[5]. L'année

1. On a vu plus haut, p. 11, quel fut le rôle de Clodia, la deuxième sœur de Clodius, dans l'affaire de 61. Elle fut l'alliée de P. Clodius dans sa lutte contre Cicéron : en 59, au moment où Publius venait de se faire plébéien, c'était elle qui « sonnait la charge » contre Cicéron (cf. *Ad Att.*, II, 12, 2 : *de lituis* βοώπιδος). Son attitude motiva les attaques auxquelles se livra Cicéron, en 56, dans le *Pro Caelio*.

2. *Pro Scauro*, 34 (fragm. Orelli, IV, p. 961).

3. Asconius, *in Milonianam*, Kiessling-Schoell, p. 30.

4. Asconius, *in Scaurianam*, Kiessling-Schoell, p. 18.

5. *Pro Scauro* (Orelli, IV, p. 961); *De quo (Appio) plura non dicam. Quamquam ea, quae dixi, non secus dixi, quam si eius frater essem,*

suivante, pendant qu'Appius était en Cilicie, Publius s'appropriait un bien qui appartenait à son frère[1].

D'autres raisons que des raisons de sentiment poussèrent donc Appius à combattre Cicéron, puis à se réconcilier avec lui. Nous croyons que l'intérêt politique fut le ressort essentiel de la conduite d'Appius. Pison et P. Clodius lui proposèrent de le faire nommer préteur, s'il consentait à mettre son autorité de magistrat à leur service. Appius accepta[2]. Il n'avait pas reçu du parti aristocratique les satisfactions auxquelles il prétendait. Sa carrière, qui avait si brillamment commencé en Asie, semblait arrêtée. Son impatience le jeta dans les rangs de cette démocratie turbulente que César dirigeait de loin. Il fut moins, pendant sa préture, l'ennemi de Cicéron que l'ami de sa propre fortune politique. Nous comprenons mieux maintenant le témoignage de Quintus : non, il ne fut pas animé envers Cicéron de sentiments vraiment hostiles; mais aussi il ne se gêna point pour empêcher son retour, parce qu'il lui était avantageux, à lui, Appius, que Cicéron restât en exil. Il traita Cicéron, sans égard à sa personne, comme un moyen utile aux fins qu'il se proposait[3]. Cicéron n'eut donc pas affaire à un ennemi, mais simplement, comme nous dirions aujourd'hui, à un « arriviste ». C'est ce qui explique qu'Appius se soit réconcilié avec Cicéron quand, ayant changé de politique,

non is, qui et est et qui multa dixit, sed is, qui ego esse in meum consueui. Drumann, *G. R.*, II², p. 285, semble ignorer ce passage, car il regrette que nous n'ayons du *Pro Scauro* que des fragments, et que, parmi ces fragments, un seul (34) fasse allusion à Clodius.

1. *Pro Milone*, XXVII, 75.

2. Il importe de remarquer qu'il n'est pas un acte de la préture d'Appius qui soit dirigé *directement* contre Cicéron. Tous sont des actes de défense, soit qu'Appius protège son frère, soit qu'il maintienne ce qu'il a fait.

3. Cicéron lui-même, dans un passage du *Pro Scauro*, 31, paraît expliquer d'une façon analogue l'attitude d'Appius : ... *has sibi partes depoposcit, quod aut non animaduertebat, quem uiolaret, aut facilem sibi fore in gratiam reditum arbitrabatur.*

il trouva intérêt à son amitié. C'est en même temps ce qui justifie Cicéron du reproche qu'on lui a souvent adressé d'avoir abdiqué sa dignité pour se réconcilier avec Appius : n'ayant pas été de sa part l'objet d'une hostilité véritable, il n'avait besoin que d'oublier les injures subies, et il pouvait le faire sans s'humilier.

CHAPITRE III

DE LA PRÉTURE AU CONSULAT (57-54)

LES DISCOURS DE CICÉRON

Le consentement à l'oubli, c'était déjà pour Cicéron un assez grand sacrifice. Les années 58 et 57 avaient été pour lui des années de dures épreuves, et son orgueil avait reçu une de ces blessures qui ne se ferment jamais complètement. Nous verrons combien fut vive l'irritation de Cicéron envers celui qui avait su prolonger de plusieurs mois sa disgrâce politique. Il fallut la contrainte des circonstances pour l'amener à une réconciliation, et celle-ci, croyons-nous, ne fut pas, à son début, très sincère.

Appius, avant même sa sortie de charge, s'était sans doute aperçu que la politique dans laquelle il s'était lancé à la suite de son frère ne pourrait le mener bien loin. Les manifestations hostiles dont il avait été l'objet au forum pendant les jeux de gladiateurs[1] l'avaient averti que son influence de démagogue était usée. Les événements de l'année 56 achevèrent de le décider à un changement de politique. Du mois d'août 57 au mois d'avril de l'année suivante, le Sénat sembla devoir reprendre son autorité d'autrefois, et Cicéron, revenu d'exil, put croire un moment qu'il verrait s'établir à

1. Cf. plus haut, p. 19.

Rome ce gouvernement des *optimates* qu'il avait toujours désiré. Entre les démagogues comme Clodius, qui étaient désormais sans force, et Pompée, de plus en plus mystérieux et hésitant, le Sénat paraissait grandir chaque jour. Mais Cicéron était attaché par la reconnaissance à Pompée, qui avait provoqué son rappel : il ne s'associa point à la guerre sourde que lui faisaient les sénateurs. Peut-être aussi comprit-il qu'une restauration aristocratique ne pouvait manquer d'échouer, que le véritable danger était du côté de la Gaule, et que l'intérêt de la République commandait aux *optimates* de s'allier à Pompée contre César. Quoi qu'il en soit, Cicéron se heurta à la mauvaise volonté de ses amis de la veille : il les vit, jaloux de son amitié avec Pompée, se réjouir de tout ce qui pouvait la troubler, et aller même, par dépit, jusqu'à flatter P. Clodius [1]. L'étroitesse d'esprit des aristocrates rendit vaines leurs velléités d'indépendance, et les mit à la merci de César. Celui-ci, en effet, qui de son gouvernement de Gaule surveillait et dirigeait la politique romaine, n'eut pas de peine à convaincre Pompée des avantages d'une nouvelle alliance : il organisa, avec Pompée et Crassus, un second triumvirat tout-puissant, auquel bien peu purent se dispenser de rendre hommage. En tous cas, Cicéron et Appius ne furent point parmi ces intransigeants. C'est, croyons-nous, le succès des conférences de Lucques qui fut la cause essentielle du rapprochement entre Cicéron et Ap. Claudius.

Le préteur de 57 avait obtenu comme province la Sardaigne. Drumann [2] dit que lorsque son frère fut nommé édile, en janvier 56, Appius était déjà en Sardaigne. Cela, ajoute-t-il, ne l'empêcha pas de faire en avril le voyage de Lucques pour aller voir César dans ses quartiers d'hiver. Nous croyons qu'il y a là une erreur. Les proconsuls et les

1. Cf. *Ad fam.*, I, 7, 7 ; *De har. resp.*, XXIV, 50 ; *Ad fam.*, I, 9.
2. *G. R.*, II², p. 162.

propréteurs se rendaient généralement dans leurs provinces à partir du 1er mars[1]. D'autre part, nous savons que le successeur d'Ap. Claudius, M. Aemilius Scaurus, rentra à Rome, après son proprétorat, le 28 juin 54[2]: il était donc arrivé dans sa province au mois de juin de l'année précédente[3]. Et s'il est vrai qu'Appius pouvait parfaitement quitter la Sardaigne avant l'arrivée de son successeur, il n'est toutefois guère vraisemblable qu'une province aussi peu éloignée de Rome soit restée de février à juin soumise à l'administration d'un simple légat.

Du reste, nous ne voyons pas sur quels textes se fonde Drumann pour faire partir Appius dès le mois de janvier. Plutarque[4] dit que « Pompée, Crassus, Appius, propréteur de Sardaigne, Nepos, proconsul d'Espagne » se rencontrèrent auprès de César à Lucques. On ne peut raisonnablement supposer que Q. Metellus Nepos ait quitté son gouvernement d'Espagne pour aller à Lucques et de là soit retourné en Espagne. Il s'arrêta à Lucques en gagnant sa province. Ce que l'on pourrait conclure du texte de Plutarque, c'est qu'Appius fit de même. Il se serait embarqué pour la Sardaigne à Pise, comme fit Pompée[5]; ce port n'était pas plus loin d'Olbia que celui d'Ostie, et la navigation était plus sûre, parce qu'on pouvait suivre les côtes de Corse.

1. C'est l'opinion de Person, dans son *Essai sur l'administration des provinces romaines sous la République*, p. 269. Person suit d'ailleurs en cela Mommsen (*La question de droit entre César et le Sénat, Gesammelte Schriften*, IV, p. 101 sq. ; traduit par Alexandre, en appendice au t. VII de l'*Histoire Romaine*). Paul Guiraud, dans sa thèse sur *Le différend entre César et le Sénat*, critique la théorie générale de Mommsen d'après laquelle l'année civile aurait commencé le 1er janvier et l'année militaire et judiciaire le 1er mars (p. 19 sq.). Il reconnaît pourtant que les gouverneurs de province « quittaient Rome habituellement le 1er mars » (cf. p. 31 et 32).

2. Cf. Asconius *in Scaurianam*, Kiessling-Schoell, p. 16, 12 sq.

3. Voir Appendice II.

4. Plut., *Caes.*, 21.

5. *Ad Q. fr.*, II, 5, 3. Nous suivons la modification apportée par Mommsen dans l'ordre des lettres.

Mais il y a à cela une difficulté : Cicéron écrit à son frère, vers le milieu de mars[1] : *Appius a Caesare nondum redierat.* Appius était donc parti à Lucques comme s'il devait revenir de là à Rome. Nous sommes en présence de deux hypothèses possibles :

1° Appius est parti de Rome pour sa province à la fin du mois d'avril, et auparavant, en mars-avril, il est allé voir César à Lucques[2] ;

2° Appius, parti de Rome comme s'il devait y rentrer avant d'aller en Sardaigne, modifia ses plans et s'embarqua à Pise directement.

De toute façon, il est certain, contrairement à l'assertion de Drumann, qu'Appius ne quitta point Rome avant la fin de février 56. Non seulement aucun texte ne nous autorise à penser que, contrairement à l'habitude, il ait gagné sa province dans les premiers jours de janvier, mais encore une lettre de Cicéron à son frère, écrite au mois de mars, nous apprend que jusque-là la navigation entre la Sardaigne et l'Italie avait été très difficile[3].

Appius était donc à Rome au moment où P. Clodius accusa Milon de violence[4]. Ce procès fut l'occasion de longs et passionnés débats au forum[5], de nouvelles batailles dans la rue entre les bandes de Clodius et celles de ses adversaires, enfin d'une séance orageuse au Sénat[6]. Pompée attaquait violemment Clodius, les aristocrates blâmaient le premier sans oser soutenir le second. La confusion était

1. *Ad Q. fr.*, II, 4, 6.

2. Il ne peut être rentré à Rome avant la fin d'avril, puisque, d'après Plutarque, il se rencontra à Lucques avec Pompée, et que celui-ci ne quitta Rome que le 11 avril (cf. *Ad Q. fr.*, II, 5, 3).

3. *Ad Q. fr.*, II, 4, 7.

4. Cf., pour l'histoire de ce procès, *Ad Q. fr.*, III, 3, et Drumann, *G. R.*, II², p. 272 et 273.

5. Le 6 février (*VIII Id. Febr.*), d'après Manutius, Wesenberg, Müller. C'est la date adoptée par Drumann. Tyrrel lit : *VII Id. Febr.* (= 7 février).

6. Le 8 (*VI Id. Febr.*, Manutius, Wesenberg, Müller) d'après Drumann. Le 9 (*V Id. Febr.*) d'après Tyrrel.

extrême. Cicéron, malgré l'envie qu'il avait de parler contre Clodius, eut la prudence de ne pas se mêler à la lutte. Ap. Claudius, de son côté, ne soutint pas son frère, et resta étranger au débat. Abstention caractéristique : il comprenait la vanité de ces querelles, et qu'il devait chercher ailleurs le moyen de sa fortune politique. Son ambition le retirait de la mêlée, comme la crainte en éloignait Cicéron. Cette commune abstention préparait les voies au rapprochement futur.

Que voulait Appius en allant à Lucques? Sans aucun doute, s'assurer l'appui de César pour obtenir le consulat[1]. On sait comment, à Lucques, César disposa, d'accord avec Pompée et Crassus, des magistratures, des armées et des provinces. Devant ce triumvirat, toute résistance était impossible, et la conduite de Cicéron en est un instructif témoignage. Il avait commencé, à son retour d'exil, par agir, tout en soutenant Pompée, selon ses anciens principes politiques. Il avait prononcé une violente invective contre Vatinius, témoin dans le procès de Sestius, et attaquer le tribun de 59, c'était, quelques précautions qu'il pût prendre[2], attaquer aussi le consul de cette année-là. Il s'était fait l'interprète du parti conservateur et hostile à César quand, le 6 avril, il avait proposé au Sénat de mettre à l'ordre du jour, pour le 15 mai, le décret sur le partage des terres en Campanie. Mais, après les conférences de Lucques, Cicéron change d'attitude : Pompée qui, à son départ pour Lucques, le 11 avril, ne lui a marqué nul mécontentement, lui fait dire à présent par son frère qu'il manquera gravement à leur amitié s'il ne ménage pas César. Cicéron comprend alors qu'une politique de principes est une erreur au temps où il vit : il se range désor-

1. Domitius Ahenobarbus, qui fut consul en 54 avec Ap. Claudius, raconta un jour au Sénat que son collègue était allé trouver César pour obtenir de lui un tribunat militaire (cf. *Ad Q. fr.*, II, 13 (15ª), 3) : mais ce n'était là qu'une plaisanterie; la lettre de Cicéron où est rapportée cette anecdote ne laisse aucun doute à ce sujet.

2. Cf. *Ad fam.*, I, 9, 7.

mais du côté des puissants. Une grande lettre[1] qu'il écrivit deux ans après à P. Lentulus Spinther, l'ancien consul de 57, et que probablement il destinait à la publicité, constitue un véritable plaidoyer justificatif de sa conduite. Ses anciens amis, à son retour, lui ont témoigné une jalousie mesquine; Pompée, au contraire, est son bienfaiteur, et, de plus, un homme éminent : la reconnaissance et l'admiration conseillent de se dévouer à lui. D'ailleurs, il n'y a plus de partis, plus de principes politiques : il serait également peu sage de vouloir sauver la république malgré elle et de s'opposer à des hommes dont la puissance est irrésistible. Il n'est pas défendu à un homme politique de changer sa ligne de conduite, quand les temps eux-mêmes sont changés. Enfin, Cicéron a assez fait pour la République, et il lui est bien permis à présent de songer un peu à son salut.

Ces pensées, parmi lesquelles la crainte de Clodius et le souci d'éviter une nouvelle disgrâce occupaient fort probablement le premier plan, rallièrent Cicéron aux triumvirs. Les discours qu'il prononça pendant l'année 56 se partagent, avant et après le mois de mai, en deux groupes, que distingue une différence de ton très sensible[2]. Il est remarquable que l'on trouve, dans les discours qui précèdent cette date (mai 56), des allusions, souvent très violentes, à Appius, et qu'après cette date les allusions disparaissent. C'est une preuve évidente que les rapports entre Cicéron et Ap. Claudius ont été influencés directement par le succès des conférences de Lucques. L'« arrivisme » de l'un, l'opportunisme de l'autre les poussèrent également à s'attacher aux

1. C'est la lettre *ad fam.*, I, 9.

2. Cf., d'une part, *Pro Sestio*, *In Vatinium* (prononcés l'un et l'autre dans la première moitié de mars), *De haruspicum responso* (prononcé, d'après Lange, *R. A.*, III[2], p. 330, le 7 mai); d'autre part, *Pro Caelio*, *De prouinciis consularibus*. On peut ajouter à ce groupe le discours *In L. Calpurnium Pisonem*, prononcé en 55 (cf. scolies d'Asconius *in Pisonianam orationem*, Kiessling-Schoell, p. 1).

triumvirs. Et cette communauté d'intérêts les amena d'abord à une trêve, ensuite à la réconciliation.

Dans le *Pro domo*, prononcé le 29 septembre 57, Cicéron a pour Appius, qui était encore préteur, des paroles très violentes : il le traite même, à un certain moment, de voleur[1]. Au mois de mars de l'année suivante, Cicéron défendit P. Sestius, tribun de 57, accusé de violence, et ne ménagea point Appius ; il est vrai qu'il était absent de Rome : il était parti pour Lucques, auprès de César, et Cicéron ne se doutait pas encore de ce qui allait sortir de ces conférences. Le *Pro Sestio* nous a beaucoup servi, on s'en souvient, pour connaître le rôle d'Appius, pendant sa préture, dans les rangs des adversaires de Cicéron : c'est dans ce discours, notamment, que se trouve le si vivant récit des mésaventures d'Appius au forum pendant les jeux de gladiateurs. Mais Cicéron ne s'en tient pas à la raillerie. Il porte contre Appius, sous forme d'allusion rapide, une grave accusation d'immoralité. Le *De haruspicum responso*, prononcé le 7 mai 56[2], contient aussi une allusion de ce genre[3]. Nous ne savons point quel cas il faut en faire. Mais cela montre à coup sûr combien était vif le ressentiment de Cicéron contre Appius.

Cependant, après le mois de mai 56, nous ne trouvons

1. LIX, 126.

2. D'après Lange, *R. A.*, III², p. 330.

3. *Pro Sestio*, VII, 16 ; *De har. resp.*, XX, 42. On lit dans le *Pro Sestio* : *Qui enim in eius modi uita nerui esse potuerunt, hominis* (*P. Clodii*) *fraternis flagitiis, sororiis stupris, omni inaudita libidine insani?* Nous croyons que *fraternis flagitiis* fait allusion à des débauches auxquelles il se serait livré avec son frère. Il est difficile, en effet, de penser que *fraternis flagitiis* et *sororiis stupris* expriment les deux aspects d'une même idée, car *omni* semble résumer une énumération, et nous ne voyons pas le sens qu'il pourrait offrir après l'énonciation d'un seul fait. D'autre part, nous trouvons dans le *De har. resp.*, *l. c.* : *primam illam aetatulam suam ad scurrarum locupletium libidines detulit* (*P. Clodius*) *: quorum intemperantia expleta, in domesticis est germanitatis stupris uolutatus.* L'emploi du terme général *germanitas* semble confirmer l'interprétation que nous donnons du passage du *Pro Sestio.*

plus aucune trace de ce ressentiment. On est assez surpris de ne pas voir le nom d'Appius dans le *Pro Coelio*, qui prend à de certains moments l'allure d'un procès général de la gens Claudia. En 55, dans son invective contre Pison, Cicéron, amené à parler d'Appius, le fait avec beaucoup de modération : il l'excuse en quelque sorte d'avoir été seul parmi les huit préteurs à ne pas proposer son rappel : *praeter unum praetorem, a quo non fuit postulandum, fratrem inimici mei*[1]. Qu'il fasse céder sa rancune à la volonté de ménager Appius, cela apparaît mieux encore quand on lit la suite : *praeterque duos de lapide emptos tribunos*[2] ; à ceux-là il ne pardonne point, et il déclare qu'ils ont été achetés par Clodius à la tribune où l'on vendait les esclaves.

Appius, au moment où Cicéron prononçait ces paroles, était candidat au consulat. Il était protégé par les triumvirs, et son succès ne faisait point de doute. On comprend d'autant mieux la modération de Cicéron. Il est peu probable qu'elle s'accompagnât d'une bienveillance sincère. Cicéron s'intéressait aux faits et gestes d'Appius pendant sa candidature, et priait Atticus de le renseigner à ce sujet[3]. Il ne faut point voir là une marque de sympathie : c'était pure curiosité (*ut homini curioso*) ; et que le souvenir d'Appius appelle immédiatement celui de Clodius, désigné dans cette lettre d'une façon peu flatteuse[4], cela nous laisse à penser qu'il ne les séparait pas encore absolument à cette époque.

1. *In Pisonem*, XV, 35.
2. C'étaient Numerius Quintius et Atilius Serranus.
3. *Ad Att.*, IV, 11, 2.
4. *Illa populi Appuleia* : « cet Appuleius (allusion à Appuleius Saturninus, le célèbre tribun de la plèbe de l'année 100), ce favori, ou plutôt cette favorite du peuple ».

CHAPITRE IV

LE CONSULAT D'AP. CLAUDIUS (54)

LA RÉCONCILIATION

Pourtant, l'heure de la réconciliation était proche. Nous ne savons pas quand elle eut lieu exactement : mais dès le milieu de février 54, elle était faite[1]. Elle fut l'œuvre de Pompée, qui se servit pour cela de plusieurs Grecs[2]. Quels étaient ces Grecs? Nous n'avons aucun moyen de le savoir. On peut supposer cependant que parmi eux était ce Théophane de Mitylène, savant grec très lié avec Pompée, qui écrivit l'histoire de sa vie, et qui avait, d'après le témoignage de Cicéron, une grande influence sur son esprit[3].

Il est piquant d'observer que la même lettre qui nous apprend la réconciliation nous montre Cicéron taquinant Appius, et jouant, en quelque sorte, par de savantes alternatives d'attaques malicieuses et de retraites prudentes, à le

1. *Ad Q. fr.*, II, 10 (12), 3 : la lettre a été écrite aux environs des Ides de février.

2. Cf. *ibid.* : *ne Graios omnes conuocet, per quos mecum in gratiam redit.*

3. *Ad Att.*, V, 11, 3 (écrite en 51 av. J.-C.). Pompée veut aller en Espagne où il a un commandement ; Cicéron écrit : *id ego minime probabam, qui quidem Theophani facile persuasi nihil esse melius quam illum nusquam decedere. Ergo Graecus incumbet.*

contrarier sans le fâcher[1]. Antiochus I, roi de Commagène, avait obtenu de César la robe prétexte. Fier de cet honneur, il voulait qu'un sénatus-consulte le lui confirmât, et désirait en outre qu'on arrondît son petit royaume en y adjoignant la ville de Zeugma, sur l'Euphrate. Pour arriver à ses fins, il s'était adressé à Ap. Claudius[2]. Quand l'affaire vint devant le Sénat, l'ironie impitoyable de Cicéron rendit le pauvre roi fort ridicule et compromit gravement sa cause. Alors Appius se dépensa en amabilités de toutes sortes[3] et fit intervenir Atticus, pour obtenir le silence du trop spirituel orateur. Cicéron se tut : que lui importait, après tout, que le roi de Commagène gardât ou non la robe prétexte ? Il lui suffisait d'avoir fait sentir à Ap. Claudius le prix de son amitié, et d'avoir recueilli de ces incidents une de ces jouissances d'orgueil auxquelles il était fort sensible.

Sans doute nous verrons, au cours de l'année 54, Appius et Cicéron s'occuper d'affaires plus importantes que celle-là. Toutefois, il faut convenir que l'année du consulat d'Appius offre un intérêt politique médiocre : nulle question grave ne s'y agite, les grands actes de la vie publique ont perdu leur importance d'autrefois, la vie du forum et du Sénat semble ralentie. Cela est vrai surtout des premiers mois de 54.

1. Si, dans la deuxième et dans la dernière phrase de la lettre, le mot *frigus* a, comme il est probable, un sens figuré, on devra, en outre, faire remarquer l'insistance de Cicéron à parler de la situation peu brillante du consul : « Appius ayant convoqué le Sénat sans qu'il fût en nombre, on lui fit si mauvais accueil (*tantum fuit frigus*) qu'il dut lever la séance devant les protestations de l'assemblée ». Et à la fin : « Un tel froid menace (*eius modi frigus impendebat*), que la maison d'Appius est en grand danger d'être gelée » (personne n'y vient plus).

2. Il est bien probable que l'intervention d'Appius ne fut pas désintéressée; Cicéron l'insinue (cf. *Ad Q. fr.*, II, 10 (12), 2). Il est néanmoins permis de se demander si, pensant déjà à aller en Cilicie l'année suivante, Appius ne voulait pas s'assurer l'amitié de ce roi qui, voisin des Parthes, pouvait être pour les Romains un précieux agent de renseignements (voir plus loin, p. 72).

3. Cicéron exprime cela fort joliment : *mirifice mihi et per se et per Pomponium blanditur Appius* (*Ad Q. fr.*, II, 10 (12), 2) ; *Appius totum me amplexatur* (*ibid.*, 3).

Cicéron est à court de nouvelles : il voudrait donner à son frère, qui est en Gaule, un tableau détaillé de ce qui se passe à Rome, mais la matière lui fait défaut : *Omnia collegi, ut noui scribam aliquid ad te. Sed, ut uides, res me ipsa deficit*[1]. Entre le mois de février et le mois de juin, il y a comme un silence dans la correspondance de Cicéron. Sans doute ne se passa-t-il rien de notable : la première lettre du mois de juin[2] témoigne que l'activité politique était encore à ce moment très faible, et que tout se faisait par les menées mystérieuses de quelques hommes. L'été et l'automne furent en effet remplis par les procès et par l'intrigue : la vie politique en prit une allure plus agitée que véritablement active. Plus de partis, plus de principes : tout se réduit à des questions de personnes. Cet état de choses constitue une sérieuse difficulté pour l'étude des rapports entre Cicéron et Ap. Claudius. N'étant ni l'un ni l'autre guidés par quelque grande idée politique, ils obéissent à des motifs qui sont purement de circonstances, et ces circonstances nous sont mal connues. Tous deux dévoués aux triumvirs, mais à une époque où Pompée et César commençaient à s'observer jalousement[3], on les voit, sur une même question, tantôt d'accord et tantôt séparés, au gré d'intrigues dont le détail nous échappe.

Pendant le mois de février 54, il ne paraît point que les événements aient fourni à Cicéron et à Appius l'occasion d'affirmer leur amitié nouvelle. Nous ne parlerons pas de la question du rappel de Crassus[4], portée au Sénat dès le commencement de l'année 54. Cicéron écrit à Crassus qu'il a soutenu sa cause contre *les consuls* et un grand nombre de

1. *Ad Q. fr.*, II, 11 (13), 3.
2. *Ibid.*, 13 (15a), 5.
3. C'est en 54 que mourut Julia, fille de César et femme de Pompée.
4. Crassus avait quitté l'Italie, pour aller combattre les Parthes en Syrie, dès la seconde moitié de novembre 55 (cf. Drumann, *G. R.*, IV², p. 107).

consulaires avec plus de chaleur qu'il n'en mit jamais dans aucun discours[1]. Mais il est manifeste que Cicéron exagère pour se faire valoir auprès de son ami de la veille; d'autre part, il est infiniment probable que Domitius, aristocrate intransigeant, eut beaucoup plus de part aux attaques contre le proconsul de Syrie que son collègue Ap. Claudius, qui était l'ami des triumvirs; enfin nous ne pouvons savoir si cette séance du Sénat se place avant ou après la réconciliation de Cicéron avec Appius.

Mais l'affaire du roi de Commagène est postérieure à la réconciliation, et nous avons vu quelle fut l'attitude de Cicéron à cette occasion. Dans le même temps, Caelius, que Cicéron avait défendu deux ans avant contre les accusations de Clodia, avait à répondre d'une accusation *de ui*. Et Cicéron écrivait à ce propos à son frère : « Notre ami Caelius est violemment attaqué par la gens Claudia »[2]. Enfin, Gabinius, l'ancien consul de 58, qui avait aidé Clodius à faire exiler Cicéron, Gabinius était protégé par Ap. Claudius. On voulait porter devant le peuple l'affaire de Ptolémée Aulète, que Gabinius, proconsul de Syrie, avait rétabli sur le trône d'Egypte de sa propre autorité. Appius, pour empêcher que cette question ne vînt devant les comices, imagina de convoquer le Sénat tous les jours du mois de février qui étaient *dies comitiales*[3]. C'étaient les seuls jours où les comices pussent être convoqués : mais, d'autre part, rien n'empêchait de réunir le Sénat ces jours-là, et la réunion du Sénat rendait pratiquement impossible la réunion des comices le même jour. Par ce moyen, Appius évita, au moins

1. *Ad fam.*, V, 8, 1.

2. *Ad Q. fr.*, II, 11 (13), 2 : *Nam noster Caelius ualde oppugnatur a gente Clodia.*

3. Il s'autorisait, pour agir ainsi, d'une loi portée en 67 par Gabinius lui-même, et qui obligeait le Sénat à se réunir tous les jours (*cotidie*) pendant le mois de février, quand au cours du mois précédent on n'aurait pas pu donner audience à tous les ambassadeurs. Appius prenait *cotidie* à la lettre, sans tenir compte d'une restriction laissée tacite tant elle était naturelle : tous les jours *qui ne sont pas « dies comitiales »*.

jusqu'au mois de mars, que l'entreprise de Gabinius fût soumise au jugement du peuple[1].

C'étaient là autant d'occasions de refroidissement entre nos deux personnages. Pourtant, nous voyons Appius envoyer comme légat à César un certain C. Messius[2], qui avait été en 57 parmi les tribuns favorables au rappel de l'exilé, et que Cicéron défendit, en 54, quand on l'eut fait revenir de Gaule pour le citer en justice. Faut-il penser qu'Appius, en agissant ainsi, voulut donner à Cicéron une preuve d'amitié? Nous ne le croyons pas. La bienveillance du consul pour C. Messius est plutôt un effet de son amitié avec Pompée, à qui Messius était plus dévoué encore qu'à Cicéron[3].

De même, il ne faut point attribuer à quelque influence de Cicéron le revirement d'Appius à propos de Gabinius. L'explication n'en doit être demandée, ici encore, qu'aux rapports du consul avec Pompée. Au mois d'octobre 54, lorsque Gabinius, revenu de Syrie, parut au Sénat, on vit Appius prendre parti contre lui : il le déclara coupable du crime de lèse-majesté, donna des noms, et l'autre ne sut que répondre : bref il fut, aux yeux de Cicéron, admirable[4]. Un moment donc, Appius et Cicéron se trouvèrent d'accord à propos de Gabinius. Mais il n'y avait là qu'une pure coïncidence. Bien mieux, le procès *de maiestate* ayant eu lieu quelques jours après, on vit Cicéron, qui, s'il n'avait écouté que ses sentiments, se serait chargé de l'accusation[5], apporter un témoignage qui satisfit l'accusé[6]. Il ne tarda

1. *Ad Q. fr.*, II, 11 (13), 3. Il n'y avait pas de loi qui défendît de réunir le même jour le Sénat et les comices; mais les tribuns qui tenaient à suivre les séances du Sénat devaient renoncer à assister aux comices, s'ils avaient lieu le même jour : d'où incompatibilité de fait (cf. Willems, *Le Sénat*, II, p. 154, n. 3).

2. *Ad Att.*, IV, 15, 9.

3. Cf. *ibid.*, 1, 7.

4. *Ad Q. fr.*, III, 2, 3.

5. *Ibid.*, 2, 2.

6. *Ibid.*, 4, 3.

pas à aller plus loin encore : Gabinius ayant eu à répondre d'une seconde accusation *de repetundis*, Cicéron se chargea de sa défense[1].

Ainsi le hasard des intrigues semblait se plaire à séparer Cicéron et Ap. Claudius. Au moment où Appius est amené à combattre l'ennemi de Cicéron, qu'il avait d'abord défendu, on voit celui-ci oublier ses rancunes et défendre celui qu'il détestait. Ce double changement déconcerte au premier abord. Tout s'explique pourtant quand on observe les rapports de nos deux personnages avec Pompée. Cicéron défendait Gabinius parce qu'il ne pouvait pas être libre sans péril, et que le souci de son salut le faisait l'esclave des triumvirs[2]. Appius, au contraire, l'attaquait par un mouvement d'indépendance qui, d'ailleurs, ne l'honorait point. Il se vengeait de Pompée[3], qui avait rendu publique une affaire fâcheuse pour son honneur. Les candidats au consulat, pour l'année 53, étaient : M. Valerius Messala, M. Aemilius Scaurus, patriciens; Cn. Domitius Calvinus, C. Memmius, plébéiens. La brigue fut effrénée[4]. Les deux derniers, en particulier, conclurent avec Domitius Aheno-

1. C'est la plus humiliante abdication où le malheur des temps et sa propre faiblesse aient réduit Cicéron. Cf., pour sa justification, *Ad fam.*, I, 9; Val. Max., IV, 2, 3; Quintil., XI, 1.

2. Nous disons les triumvirs, et non Pompée seulement, car César intervint aussi pour protéger Gabinius (cf. Dio, XXXIX, 63, 4).

3. Il nous semble plus naturel d'interpréter ainsi la conduite d'Appius que de dire avec Drumann, *G. R.*, II², p. 163, qu'il voulait faire acheter son silence. Il est vrai que Drumann s'appuie sur un texte de Dion (XXXIX, 60, 3). Mais l'explication de Dion paraît lui être personnelle, et imaginée pour faire pendant à celle qu'il donne de l'attitude de Domitius. Il devait être très mal informé de ce qui touchait à cette affaire de Gabinius, car le texte en question est comme encadré d'erreurs grossières. XXXIX, 60, 1, il prête à Pompée et Crassus, pendant leur consulat, des paroles qui furent effectivement prononcées par Gabinius un an plus tard, en octobre 54 (cf. *Ad Q. fr.*, III, 2, 2). XXXIX, 61 et 62, il place le débordement du Tibre avant l'arrivée de Gabinius à Rome : or, Cicéron (*Ad. Q. fr.*, III, 7) signale ce malheur comme une conséquence de l'acquittement impie de Gabinius, accusé *de maiestate* en octobre 54.

4. Cf. *Ad Q. fr.*, II, 14 (15b), 4; *Ad Att.*, IV, 15, 7; *Ad Q. fr.*, II, 15 16), 2.

barbus et Ap. Claudius le pacte suivant : les consuls de l'année les feraient élire ; en échange, les élus, pendant leur consulat, trouveraient trois augures pour affirmer qu'ils avaient assisté au vote d'une loi curiate conférant l'*imperium* à Domitius et à Ap. Claudius : cette loi, ils n'avaient pu encore l'obtenir, et elle leur était nécessaire s'ils voulaient exercer dans leurs provinces un commandement militaire ; en outre, les consuls de 53 produiraient deux consulaires prêts à témoigner que le Sénat avait en leur présence voté les crédits nécessaires au gouvernement des provinces[1]. Si Domitius Calvinus et Memmius étaient élus, et ne tenaient pas leurs engagements, ils devraient payer à Domitius Ahenobarbus et à Ap. Claudius 40 millions de sesterces[2].

Ce pacte fut dévoilé en plein Sénat par Memmius lui-même, à l'instigation de Pompée, avec un luxe de détails accablant. Sans doute l'intérêt, autant qu'une vertueuse indignation, avait poussé Pompée à provoquer cette démarche : il ne voulait pas que les élections eussent lieu, il souhaitait un interrègne à la faveur duquel il se ferait donner la dictature ; or, écarter les candidats pour indignité était un moyen, entre autres, d'empêcher les élections. On devine la fureur d'Appius contre ceux qui avaient fait éclater le scandale, et l'on comprend qu'il se soit tourné contre Gabinius, protégé de Pompée, après l'avoir défendu. Cependant, il ne laissa rien paraître de sa colère pendant la séance du Sénat. Son collègue, nous dit Cicéron, était complétement écroulé devant les révélations de Memmius. Lui, il était toujours le même, et comme si rien ne s'était passé[3]. D'ailleurs, les révélations de Memmius ne firent que préciser les choses, et rendre public ce dont on parlait tout bas. Dès la fin du

1. Il s'agissait de *l'ornatio prouinciae*, ou allocation aux gouverneurs, par un vote du Sénat, des troupes, de l'argent, du personnel dont ils avaient besoin.

2. *Ad Att.*, IV, 17, 2.

3. *Ibid.*, *l. c.*

mois de juillet, Cicéron y fait allusion : on sent qu'il sait beaucoup ; mais il ne veut pas confier de si importants secrets à une lettre[1]. Ce n'est pas la seule fois qu'apparaît chez Cicéron cette préoccupation de ne pas se compromettre en parlant d'Appius : elle perce dans la lettre même où il raconte le pacte entre consuls et candidats[2]. On sent très nettement que, d'une part, il désapprouve Ap. Claudius, et, d'autre part, ne veut à aucun prix qu'on le sache. Nous retrouverons, pendant le gouvernement de Cilicie, ce même souci de l'opinion. La volonté constante de cacher tous les dissentiments possibles sous le voile d'une amitié officielle marque les rapports de Cicéron avec Appius d'un caractère qui leur est propre.

Le procès de Scaurus est très instructif à cet égard. M. Aemilius Scaurus avait été préteur en 56, et avait succédé à Appius dans le gouvernement de Sardaigne (55). A son retour à Rome, il fut accusé par Triarius devant le tribunal de Caton, qui était alors préteur. On lui reprochait d'avoir rapporté de sa province des sommes considérables, destinées à payer les frais de son élection au consulat. Cicéron lui était lié par la reconnaissance : il avait contribué, en 56, comme président du tribunal[3], à l'acquittement de P. Sestius, le tribun de 57. Cicéron entreprit donc sa défense. Or, Ap. Claudius était derrière les accusateurs : il comptait que son frère Caius, propréteur d'Asie, viendrait se présenter au consulat, et il voulait, en faisant condamner Scaurus, écarter un rival redoutable. La situation de Cicé-

1. *Ad Att.*, IV, 15, 7 : *Memmium Caesaris omnes opes confirmant. Cum eo Domitium consules iunxerunt; qua pactione, epistolae committere non audeo. Pompeius fremit, queritur...*; *ibid.*, 3 : *Genus autem mearum ad te quidem litterarum eius modi fere est, ut non libeat cuiquam dare, nisi de quo exploratum sit tibi eum redditurum.*

2. *Ad Att.*, IV, 17 (18), 1 : *Neque enim sunt epistolae nostrae, quae si perlatae non sint, nihil ea res nos offensura sit, quae tantum habent mysteriorum, ut eas ne librariis quidem fere committamus, ne quid aliquo excidat.*

3. Cf. *Pro Sestio*, XLVII, 101 ; LIV, 116.

ron était, comme on le voit, embarrassante. Il ne pouvait passer sous silence le rôle d'Appius dans le procès : personne ne l'ignorait, et on se fût étonné d'une pareille omission ; du reste, en n'en point parlant, il n'aurait pas pu démontrer que l'accusation ne constituait qu'une manœuvre électorale, et se serait ainsi privé d'un de ses meilleurs arguments. D'autre part, en mettant Appius en cause, il courait un double danger : irriter la susceptibilité du consul, qui était grande ; laisser croire que leur réconciliation n'était qu'un mot. Un assez long fragment du *Pro Scauro*[1], heureusement conservé, nous montre par quels soins infinis l'orateur évita l'un et l'autre écueil.

Le début proclame Appius *consulem fortissimum atque ornatissimum uirum*. Ces mots ont tout à fait la valeur de l'épithète « honorable » dans nos discussions parlementaires. Ils font sourire, quand on songe qu'à ce moment-là chacun avait entendu parler du pacte scandaleux d'Appius avec les candidats consulaires, et que Cicéron lui-même, un mois avant, y avait fait allusion dans une lettre à Atticus[2]. Puis c'est une déclaration solennelle d'amitié, suivie d'excuses embarrassées de l'attitude antérieure d'Appius[3]. Il excuse aussi son attitude présente : y a-t-il quelque honte à ce qu'Ap. Claudius soit l'ennemi de M. Aemilius Scaurus? Son ancêtre ne l'a-t-il pas été de Scipion l'Africain ? Lui-même, il a été fâché avec Cicéron, et Cicéron avec lui : l'un et l'autre en ont souffert, ils n'en ont point été déshonorés. D'ailleurs, quelles sont les raisons de son inimitié présente

1. 31-38 (Orelli, IV, p. 960-961).

2. *Ad Att.*, IV, 15, 7.

3. Il serait intéressant de pouvoir commenter à l'aide de faits les mots suivants : *fuerant enim eae partes, aut eius quem id facere dolor et suspicio sua coegit*... Mais nous sommes incapables de dire quelles raisons personnelles avait eues Appius d'en vouloir à Cicéron ou de le soupçonner. Peut-être Cicéron ne le savait-il pas bien lui-même, et cette phrase n'est-elle là que pour faire pendant à la suivante : *aut eius, qui has sibi partes depoposcit* (cf. plus haut, p. 24, n. 3).

avec Scaurus ? Il en est deux, et si naturelles l'une et l'autre qu'elles sont autant d'excuses. *Successori decessor inuidit* : quittant la province, Ap. Claudius a conçu quelque jalousie contre celui qui venait le remplacer : c'est là un sentiment, dit Cicéron, qui non seulement n'est pas extraordinaire, mais même est passé dans les mœurs, et n'a rien que de très courant. Et pourtant, ajoute-t-il, ce sentiment si naturel n'aurait pu à lui seul faire agir un homme que tant de douceur et de sagesse distinguent : il fallut que vînt s'y ajouter la crainte d'un échec pour son frère : et rien n'est plus respectable que l'amitié fraternelle.

Scaurus fut absous le 2 septembre[1]. Les ménagements que Cicéron avait pris pour parler d'Appius empêchèrent celui-ci de lui en vouloir et de son intervention, et de sa victoire. Il aurait eu vraiment mauvaise grâce à ne pas reconnaître une semblable délicatesse au service de tant de bonne volonté[2]. Jusque-là, Appius n'avait encore rien fait pour être agréable à Cicéron : il l'avait même tenu un peu à distance, au point que celui-ci pouvait se demander si la réconciliation était sincère de sa part et serait durable[3]. Mais, sans doute, les exquis ménagements du *Pro Scauro* disposèrent-ils le consul plus favorablement. D'autre part, il semble bien que vers le même temps Appius se soit brouillé avec son frère Publius : car celui-ci parla contre lui dans le procès de Scaurus[4]. Cet événement dut rapprocher nos deux person-

1. Asconius *in Scaurianam*, Kiessling-Schoell, p. 16, 5 ; *Ad Att.*, IV, 17, 4 (16, 7) ; *Ad Q. fr.*, III, 1, ch. 5, 16.

2. D'autant plus que son frère Caius n'avait pas eu à souffrir de l'acquittement de Scaurus, ayant renoncé dès avant le procès à poser sa candidature, et étant resté en Asie (cf. *Pro Scauro*, 35).

3. Nous pouvons induire cela d'une phrase du *Pro Scauro*, où il faut particulièrement remarquer la timidité révélatrice de l'incidente : *Pro Scauro*, 31 : *Hic ego Ap. Claudium, consulem fortissimum atque ornatissimum uirum, mecumque, ut spero, fideli in gratiam reditu firmoque coniunctum, nullo loco, iudices, vituperabo.*

4. Asconius *in Scaurianam*, Kiessling-Schoell, 18, 9. — *Pro Scauro*, 37.

nages, en donnant à Cicéron plus de confiance. Il redoutait, en effet, toujours beaucoup le tribun de 58[1], et, s'il était devenu plus prudent, sa haine était restée la même[2]. Une brouille des deux frères était donc propre à adoucir la rancune de Cicéron contre le consul, et aussi à dissiper les craintes que, malgré la réconciliation officielle, celui-ci pouvait encore lui inspirer.

Quoi qu'il en soit, nous voyons dans le même temps Cicéron et Appius se rendre de mutuels services. Cicéron écrivit à son ami Lentulus[3], gouverneur de Cilicie, au moment où Appius pensait qu'il devrait aller administrer cette province sans avoir obtenu l'*imperium* par loi curiate : Cicéron priait Lentulus de ne faire aucune difficulté à son successeur; il l'assurait qu'à son avis le gouvernement d'Appius, dans ces conditions, n'avait rien que de légal ; et, en eût-il été autrement, Lentulus ne devait pas se diminuer par une querelle où l'on serait tenté de voir le conflit de deux avidités[4]. Appius, de son côté, aida Pomptinus à obtenir le triomphe pour la victoire qu'il avait remportée, sept ans auparavant, sur les Allobroges. Ce Pomptinus, préteur en 63, lors du consulat de Cicéron, avait été pour lui un collaborateur dévoué[5]. Cicéron lui en resta reconnaissant : en 54, il quitta sa maison de campagne de Tusculum pour aller l'assister dans sa demande de triomphe[6]; en 51, il l'emmena en Cilicie comme légat. Ce fut donc un véritable service qu'Appius rendit à Cicéron en appuyant de son autorité de consul la demande de Pomptinus[7]. Celui-ci eut d'ailleurs

1. Cf. *Ad Att.*, IV, 15, 4 : son abstention dans le procès de Procilius, accusé par Clodius, et la cause de cette abstention.

2. *Ad Q. fr.*, III, 1, ch. 4, 11. Clodius est traité de « furie ».

3. P. Lentulus Spinther, consul en 57. Cf. plus haut, p. 16 et 17.

4. *Ad fam.*, I, 9, 25.

5. *De prouinciis consularibus*, XIII, 32 : *ille meorum laborum, consiliorum socius.*

6. *Ad Q. fr.*, III, 4, 6.

7. Nous ne voyons pas quelles raisons autorisent Drumann, *G. R.*, II², p. 163, à déclarer qu'il fit cela par cupidité plus que pour obliger Cicéron.

de la peine à obtenir la distinction qu'il désirait. Les préteurs Caton et Servilius, le tribun Q. Mucius lui étaient hostiles[1]. Pour qu'il pût triompher, il était nécessaire qu'il fût revêtu de l'*imperium*. Or, en tant que promagistrat, il perdait l'*imperium* dès qu'il entrait à Rome. Il fallait donc qu'une loi spéciale lui donnât pour un jour l'*imperium in urbe*[2]. Dion nous apprend[3] qu'il n'obtint cette loi que par l'initiative hardie du préteur Servius Galba, qui la fit voter à la pointe du jour par une poignée de citoyens. Ses ennemis, d'ailleurs, ne se résignèrent pas, et il y eut du sang répandu le jour du triomphe.

Ces événements eurent lieu le 2 ou le 3 novembre[4]. Sur les deux derniers mois du consulat d'Appius, nous savons fort peu de choses. Cependant, il est à peu près sûr que le malentendu qui avait un moment séparé Pompée et le consul se dissipa, et que leur entente se fit plus étroite que jamais. Nous constatons, en effet, que, dans le même temps :

1° Appius obtint la *lex curiata de imperio,* qu'il attendait

1. *Ad Att.*, IV, 18, 4 (16, 12).

2. C'est ainsi que nous interprétons le passage *Ad Att.*, IV, 18, 4 (16, 12) : *Negant enim latum de imperio, et est latum hercule insulse.* Drumann, *l. c.*, comprend que Pomptinus n'avait pas été investi, quand il était parti pour la Gaule, de l'*imperium* par loi curiate. S'il en était ainsi, on pourrait supposer qu'Appius défendit Pomptinus moins pour obliger Cicéron que pour se créer un précédent, prévoyant qu'il serait obligé de partir en Cilicie sans loi curiate, et ne voulant pas pour cela s'interdire tout espoir de triomphe. Mais nous ne pensons pas que Pomptinus aurait pu seulement faire la guerre s'il n'avait pas été auparavant l'objet d'une *lex curiata de imperio* (cf. *Philipp.*, V, 16, 45 : *imperium... sine quo res militaris administrari, teneri exercitus, bellum geri non potest*). Il faut remarquer d'ailleurs que Drumann nous donne raison et se contredit lui-même quand, deux pages plus loin (p. 165), il écrit à propos d'Appius : « La suite montre que ses inquiétudes au sujet du vote de la loi curiate étaient sans fondement : car il entreprit une expédition militaire, et revint à Rome avec l'espoir de triompher ». Le raisonnement est le suivant : on ne pouvait entreprendre d'expédition militaire sans avoir reçu l'*imperium* par loi curiate ; Appius fit une campagne ; donc il y avait eu une loi curiate.

3. Dio, XXXIX, 65.

4. *Ad Att.*, IV, 18, 4 (16, 12) : *IV Nonas Nouembres ; Ad Q. fr.*, III, 4, 6 : *III Nonas Nouembres.*

en vain depuis plusieurs mois, et dont le besoin l'avait déterminé au pacte que l'on sait avec les candidats consulaires[1];

2° Appius cessa de vouloir assurer l'élection des consuls, et favorisa les ambitions dictatoriales de Pompée[2].

Le rapprochement de ces deux séries de faits nous amène à penser que Pompée promit à Ap. Claudius de lui procurer les mêmes avantages qu'il avait voulu s'assurer par une entente avec les consuls de l'année suivante, à condition qu'il renoncerait à faire faire les élections. Il semble d'ailleurs que la résistance du Sénat les ait empêchés l'un et l'autre d'obtenir tout ce qu'ils désiraient. Car si Appius obtint la loi curiate, il est peu probable qu'il soit arrivé à se faire octroyer par le Sénat des troupes et de l'argent pour sa province. Et s'il est parti en Cilicie « à ses frais », comme il en avait l'intention au mois de novembre[3], cela nous expliquerait son âpreté à rattraper sur les provinciaux l'argent qu'il avait avancé, et son désir de prolonger le plus possible la durée de son gouvernement. Quant à Pompée, il ne réussit qu'à prolonger l'interrègne pendant six mois, au bout desquels furent élus Domitius Calvinus et Valerius Messala : il n'eut la dictature — sous la forme du consulat sans collègue — qu'en 52.

1. Nous pouvons affirmer qu'il l'obtint, parce qu'il entreprit pendant son proconsulat des expéditions militaires (cf. la note 2 de la page précédente).

2. Appius, aux mois de septembre (cf. *Ad Att.*, IV, 17, 3 (16, 6) et d'octobre (cf. *Ad Q. fr.*, III, 2, 3 : *Consules comitia habere cupiunt,* et *ibid.*, III, 3, 2) cherchait à provoquer l'élection des consuls. Dans les mois suivants, les lettres de Cicéron ne nous parlent plus que de la probabilité de plus en plus grande d'un interrègne, et de la possibilité d'une dictature (cf. *Ad Q. fr.*, III, 8, 4). Un passage de la lettre *ad Q. fr.*, III, 9, 3, nous permet d'affirmer qu'Appius favorisait Pompée dans son désir inavoué de la dictature : *De dictatore tamen actum adhuc nihil est. Pompeius abest, Appius miscet, Hirrus parat, multi intercessores numerantur, populus non curat, principes nolunt, ego quiesco.* Hirrus se préparait à demander que l'on nommât Pompée dictateur (cf. *Ad Q. fr.*, III, 8, 4). D'après l'ordre des propositions, il n'est pas douteux qu'Appius ne fût du côté des amis de Pompée.

3. Cf. *Ad Att.*, IV, 18, 4 (16, 12) : *Appius sine lege, suo sumptu, in Ciliciam cogitat.*

Quelles purent être, au point de vue qui nous intéresse, les conséquences de cette alliance entre Pompée et Ap. Claudius? Il est probable qu'elle eut une heureuse influence sur les relations de Cicéron et du consul. On se souvient que c'était Pompée qui avait présidé à leur réconciliation. Mais il n'avait fait alors que rapprocher deux grands personnages dont le concours était utile au triumvirat et à qui, d'ailleurs, l'œuvre politique accomplie par César à Lucques avait fait, nous l'avons vu, des intérêts tout semblables. Il avait maintenant de nouvelles raisons de rendre leur réconciliation plus sérieuse. Il sentait que les arrangements de Lucques ne pouvaient être que provisoires et que César ne tarderait pas à se montrer plus exigeant : il voulait le devancer et augmenter, en dehors de lui, sa puissance. D'autre part, il n'avait pas traité avec lui tout à fait d'égal à égal : son orgueil était mal à l'aise, et il était impatient de reprendre sa liberté. Aucun lien de parenté ne l'unissait plus à César : sa femme Julia, fille du proconsul, était morte dans le cours de l'année. Peut-être enfin la nouvelle des difficultés créées à César pendant l'automne de 54 par l'insurrection des Eburons, des Nerviens et des Trévires enhardissait-elle son désir de secouer une amitié qui lui pesait comme un joug. On conçoit que dans ces conditions, et voulant pratiquer une politique personnelle, Pompée ait tenu à se faire d'Appius et de Cicéron des collaborateurs dévoués à sa seule personne, et qu'il ait essayé de les serrer autour de lui en des liens plus étroits. C'est à ce moment que Cn. Pompée, fils aîné du triumvir, épousa Claudia, une des deux filles d'Appius[1].

1. L'autre épousa M. Junius Brutus, celui qui devait être le meurtrier de César. Nous connaissons ces deux mariages par la lettre *ad fam.*, III, 4, 2. La date n'y est pas donnée précisément : mais il n'est pas douteux que Cicéron énumère dans l'ordre chronologique les raisons que lui et Appius peuvent avoir d'être amis : *Nam cum te ipsum, ex quo tempore tu me diligere coepisti, cotidie pluris feci, tum accesserunt etiam coniunctiones necessariorum tuorum..., collegiique coniunctio...* Les mariages eurent donc lieu entre la réconciliation (début de 54) et la

La réconciliation de Cicéron et d'Ap. Claudius avait été provoquée par l'adhésion simultanée de l'un et de l'autre à la politique des triumvirs, et, à ce titre, on doit la considérer comme l'œuvre indirecte de César. Puis leur amitié se consolida grâce à Pompée, et peu à peu, sous son influence, leurs idées se disposèrent d'assez semblable façon pour qu'au moment de la guerre civile ils prissent tous les deux le même parti.

Mais cela ne se fit que très lentement. Cicéron, outre qu'il se rendait compte de la puissance de César, était charmé par son amabilité et admirait ses talents. Il lui fit, pendant toute l'année 54, une cour assidue, par l'intermédiaire de Quintus Cicéron, qui était auprès de lui, en Gaule, en qualité de légat[1]. Par contre, à Rome, il souffrait de ne pas se sentir libre et de n'avoir pas la situation politique à laquelle il avait droit. Cela l'irritait au point qu'il déclarait n'avoir point d'amis à Rome, et toute son affection et toute sa reconnaissance allaient au grand homme que l'éloignement grandissait encore[2]. Pompée était loin d'avoir dans son cœur une pareille place : il cultivait avec soin son amitié, qui lui était précieuse, mais au fond il ne lui pardonnait pas de l'avoir abandonné au moment de son exil[3]. Quant à Ap. Claudius, un des plus importants personnages de Rome par sa noblesse et par sa fonction, il était de ceux qu'il devait ménager. Nous avons vu s'il le fit avec soin. Mais comme cette obligation dut, secrètement, l'irriter ! Et comme il dut souffrir de voir plus brillante que la sienne la situation politique d'un homme qui ne le valait pas !

nomination de Cicéron à l'augurat (2e moitié de 53), et nous pouvons par conséquent affirmer qu'Ap. Claudius maria ses deux filles avant de partir pour la Cilicie.

1. Cf. le livre III *ad Q. fr.*

2. *Ad Q. fr.*, III, 5, 4.

3. Cf. *Ad fam.*, I, 9, 2 : *ille perennis inimicus amicorum suorum.* Nous pensons avec Tyrrel qu'il ne s'agit ni de C. Caton, ni de P. Clodius, mais de Pompée.

L'impression que nous laisse l'histoire des rapports d'Ap. Claudius et de Cicéron pendant l'année 54, c'est que la réconciliation ne fut d'abord que politique. Beaucoup de bonne volonté, peu de sympathie de la part de Cicéron ; du côté d'Appius, de l'indifférence.

Appius s'embarqua à Pouzzoles, pour gagner sa province, dans le courant du mois d'avril 53[1]. Son voyage dura environ deux mois[2]. En faisant escale à Athènes, il se rendit à Eleusis, et y promit un portique à Cérès et à Proserpine[3]. Nous ne savons pas quel était l'objet de ce vœu : peut-être demandait-il d'être victorieux au cours de son proconsulat[4]; peut-être aussi, puisqu'il s'adressait à des divinités infernales, formait-il le souhait de revenir vivant d'un pays où il aurait à conduire des expéditions militaires. Quel que fût ce vœu, il fut exaucé, car, à son retour de Cilicie, Appius commença la construction du portique, qui ne devait être achevé que par ses exécuteurs testamentaires.

Le départ d'Ap. Claudius pour sa province fut l'occasion d'un rapprochement entre le proconsul et Cicéron. Celui-ci alla le saluer à son embarquement et reçut de lui ses der-

1. *Ad fam.*, III, 10, 8 : *cum te Puteolis prosequerer*. Nous ne connaissons pas au juste la date. Mais ce fut dans le courant du mois d'avril 53. Cf. *Ad fam.*, VII, 18, 3 : *eram enim afuturus mense Aprili*. La lettre est écrite le 8 avril de Pomptinum, où Cicéron s'était arrêté dans la villa d'un ami. Il voyageait donc seul, et n'accompagna point Ap. Claudius à partir de Rome ; probablement, il l'attendit dans sa villa de Pouzzoles, et les mots *cum te Puteolis prosequerer* s'appliquent à la conduite qu'il lui fit jusqu'au bateau.

2. Sur la date de l'arrivée d'Ap. Claudius en Cilicie, voir Appendice II.

3. Cf. *C. I. L.*, I, 619 = III, 547 : [*Ap*(*pius*) *Claudi*]*us*, *Ap*(*pii*) *f*(*ilius*), *Pulche*[*r*] *propylum Cere*[*ri et Proserpi*]*nae co*(*n*)*s*(*ul*) *uouit*, [*im*]*perato*[*r coepit*, *Pulcher Clau*]*dius et Rex Marcius* [*fec*]*erunt* [*ex testam*(*ento*)]. Cf. Fr. Lenormant, *Recherches arch. à Eleusis*, p. 391 sq. et p. 49. — Les Athéniens furent reconnaissants à Appius d'avoir embelli Eleusis : cf. *C. I. A.*, III, 566 : ὁ δῆμος καὶ ἡ βουλὴ ἡ ἐξ Ἀρείου πάγου Ἄππιον Κλώδιον, Ἀππίου υἱόν, Πόλχερ, αὐτοκράτορα, τὸν ἑαυτῶν εὐεργέτην.

4. C'est l'opinion de Mommsen, *C. I. L.*, I, 619.

nières recommandations. Elles furent fidèlement exécutées[1], et Appius écrivit à Cicéron, pour l'en remercier, une lettre où il lui témoignait beaucoup d'affection et de zèle[2]. Nous n'avons d'ailleurs aucun renseignement sur la nature de ces recommandations. Cicéron fut très sensible aux remerciements d'Appius et lui fit savoir qu'il était à sa disposition pour tous autres services qu'il lui plairait de lui demander. Sa lettre[3] est pleine de cordialité : il lui dit le plaisir qu'il a eu à s'entretenir de lui avec les gens de son entourage qu'il avait envoyés à Rome : il lui recommande un jurisconsulte, L. Valerius, qui met toute sa confiance dans une intervention de Cicéron auprès de son ami Appius. Enfin peut-être lui faisait-il demander par le porteur de la lettre de lui envoyer une statue de Minerve, pour orner sa maison, ses jardins ou l'une de ses villas[4].

Peu de temps après, Cicéron fut nommé augure en remplacement de P. Crassus, tué le 9 juin 53 dans la guerre contre les Parthes. Il devenait le collègue d'Ap. Claudius. Celui-ci était très versé dans l'art augural : il préparait même un livre sur ce sujet, et s'empressa, quand il sut que Cicéron était devenu augure, de le lui dédier[5].

1. *Ad fam.*, III, 10, 8; 1, 1; 8, 6 : *cum te absentem semper defenderim*; 9, 1 : *...qua in te absentem fide, qua in omnibus officiis tuendis erga te observantia et constantia fuissem.*

2. *Ad fam.*, III, 1, 2 : *litteras plenas et amoris et officii.* Voir Appendice I, lettre I.

3. *Ad fam.*, III, 1. Pour sa date, voir Appendice I.

4. C'est ainsi que nous interprétons le très obscur passage : *quam quidem ego, si forte de tuis sumpsero* (s'il m'arrive de la recevoir de tes gens), *non solum* Παλλάδα, *sed etiam* 'Αππιάδα *nominabo.* L'obscurité provient peut-être de ce que Cicéron se contente de faire allusion dans sa lettre à une demande que Phanias, le porteur de la lettre, était chargé de formuler tout du long.

5. Cf. *Ad fam.*, III, 4, 1. Le *liber auguralis* doit avoir été envoyé par Appius à la fin de 53 ou au commencement de 52, avant qu'il connût le meurtre de son frère ou, en tout cas, le rôle attribué à Cicéron dans cette affaire. Nous en avons la preuve dans la lettre *ad fam.*, III, 5, 1 : répondant à la lettre 4, qui rappelait, entre autres choses, l'envoi du livre, Appius a écrit à Cicéron qu'il allait chercher trop loin le souvenir de leurs bons offices réciproques : *ex alto repetita*, c'est-à-dire « antérieurs aux événements de l'année 52 qui nous ont séparés ».

On voit dans quels excellents termes étaient Cicéron et Appius à la fin de 53 ou au début de 52. Mais cela ne devait pas durer longtemps. On ne peut manquer d'être frappé, quand on lit à la suite l'une de l'autre les deux premières lettres du livre III des *Familières*, de la différence de ton qui les sépare. C'est que la première marque le terme d'une période où nous avons vu l'amitié de nos deux personnages naître et se développer. La deuxième, au contraire, marque le début d'une crise où cette amitié faillit sombrer.

SECONDE PARTIE

CHAPITRE PREMIER

CICÉRON VA REMPLACER AP. CLAUDIUS DANS LE GOUVERNEMENT DE CILICIE. LES PREMIÈRES LETTRES ÉCHANGÉES JUSQU'A L'ARRIVÉE DE CICÉRON A LAODICÉE (31 Juillet 51).

Ap. Claudius resta gouverneur de Cilicie pendant deux ans (53-51). Au mois de mars 51, Cicéron fut désigné par un sénatus-consulte pour aller lui succéder[1]. C'était une conséquence de la loi portée par Pompée l'année précédente, et qui ordonnait que les consuls et les préteurs n'eussent de gouvernements provinciaux que cinq ans après leur sortie de charge. Pour attendre le moment où les magistrats de l'année 52 pourraient aller commander dans les provinces, on prit parmi les préteurs et consuls des années précédentes ceux qui n'avaient pas encore exercé de commandements hors de Rome.

1. Le sénatus-consulte ne peut pas être postérieur au mois de mars parce que la lettre *ad fam.*, III, 2, par laquelle Cicéron l'annonçait à Appius, a été écrite au plus tard dans la seconde moitié de mars (voir Appendice I). — Il est peu vraisemblable qu'il soit antérieur au mois de mars : outre que ce mois est précisément celui où l'on s'occupait à Rome de pourvoir au gouvernement des provinces, on peut présumer que le premier soin de Cicéron, dès le sénatus-consulte voté, fut d'avertir Appius et de se recommander à lui.

Les événements qui s'étaient déroulés à Rome pendant l'absence d'Appius étaient de nature à modifier assez diversement ses rapports avec Cicéron. Pendant cette période, le conflit entre César et Pompée s'était nettement dessiné. Pompée avait fait alliance avec la majorité conservatrice du Sénat : élu par elle « consul sans collègue », il avait pris des mesures qui, bien qu'immédiatement corrigées par une clause additionnelle en faveur de César, n'en constituaient pas moins une menace à son adresse[1]. Il avait fait élire consul pour l'année 51 M. Claudius Marcellus, aristocrate intransigeant ; et Cicéron, avant son départ pour la Cilicie, avait pu voir ce magistrat proposer, avec l'assentiment tacite de Pompée, que la question du remplacement de César fût débattue au Sénat dès le 1er mars 51. Enfin, Cicéron, comme il allait s'embarquer à Brindes pour l'Asie, au mois de mai 51, s'arrêta trois jours à Tarente, chez Pompée, et eut avec lui de très sérieux entretiens sur la politique générale : il en emporta l'impression que le grand homme était prêt à faire face aux dangers que l'on redoutait[2]. Quelques semaines plus tard, il conseillait à Caelius, dans une lettre écrite d'Athènes, de se ranger du côté de Pompée, et lui disait qu'il se trouvait avec lui en parfaite conformité de vues politiques[3].

Ainsi le conflit entre César et Pompée se précisait de jour en jour. Cicéron, délivré par la mort de Clodius (janvier 52) du souci angoissant de son « salut », pensait à celui de la République et se ralliait à Pompée comme au gardien de la constitution. Ap. Claudius, chef d'une grande famille aristocratique, portant le même nom illustre que ce consul qui se mettait à la tête des adversaires de César, allié enfin à la

1. Nous voulons parler de la *lex Pompeia de iure magistratuum*, qui décrétait l'obligation pour un candidat de venir se présenter lui-même aux électeurs. Pompée inséra dans la loi une clause exceptionnelle en faveur de César (cf. *Ad Att.*, VIII, 3, 3).

2. *Ad Att.*, V, 7.

3. *Ad fam.*, II, 8, 2.

famille de Pompée, était poussé par ses origines, par ses amitiés, par sa situation politique, dans les rangs des aristocrates.

De pareilles circonstances étaient particulièrement propres à rendre plus étroite l'amitié entre Cicéron et Ap. Claudius. Mais, d'autre part, P. Clodius avait été tué par Milon sur la voie Appienne, le 18 janvier 52. Milon avait été cité devant les juges par deux jeunes gens qui étaient les neveux de Publius et d'Appius. Et Cicéron l'avait défendu : il avait eu soin, il est vrai, de marquer dans son discours qu'il était l'ami d'Appius, et que Publius avait été mauvais frère [1]. Mais si, depuis deux ans, Appius n'avait pas été, comme nous l'avons vu, en très bons rapports avec Publius, cela pouvait-il l'empêcher d'éprouver quelque éloignement pour l'homme qui se faisait le défenseur de son meurtrier, et que même quelques-uns désignaient tout bas comme le complice de Milon [2] ? Ces accusations n'étaient pas restées ignorées d'Appius : Cicéron, y faisant allusion plus tard dans une lettre à ce personnage, en parle en termes vagues comme d'une chose que son correspondant connaît bien [3].

Pourtant, nous ne possédons aucun renseignement positif sur la modification que ces événements purent apporter aux sentiments d'Appius envers Cicéron. Du moins avons-nous constaté que de la fin de 53 jusqu'au mois de mars 51, ils n'échangèrent point de lettres. Il n'est pas douteux que la lettre *ad fam.*, III, 2, dont l'allure paraît un peu solennelle et guindée, ne rompe une période de silence embarrassé : sans doute, la timidité de Cicéron était bien naturelle, quand

1. *Pro Mil.*, XXVII, 75 : *qui Appium fratrem, hominem mihi coniunctum fidissima gratia, absentem de possessione fundi deiecit.*

2. *Ibid.*, XVIII, 47. L'accusation portée à ce moment-là contre Cicéron, fut renouvelée sept ans plus tard par Antoine (cf. *Philipp.*, II, 20, 49).

3. *Ad fam.*, III, 10, 10. *Quo studio prouidit* (*Pompeius*) *ne quae me illius temporis inuidia attingeret... Quibus quidem temporibus haec in eo grauitas, haec animi altitudo fuit, non modo ut Phrygi alicui aut Lycaoni, quod tu in legatis fecisti, sed ne summorum quidem hominum maleuolis de me sermonibus crederet.*

il se voyait obligé d'annoncer son remplacement à un homme qu'il devinait peu disposé à s'en aller de la province ; mais cette timidité était singulièrement accrue par la nécessité où il se trouvait de faire appel à son amitié après s'être réjoui publiquement de la mort de son frère. Sans doute encore — et nous le verrons tout à l'heure — l'attitude peu aimable d'Appius envers Cicéron s'explique par les sentiments d'un gouverneur de province contre un successeur qui n'est point attendu. Mais le souvenir du rôle de Cicéron dans le procès de Milon donna à ces sentiments une aigreur particulière.

On pourrait s'étonner de ne trouver, dans les lettres où Cicéron se justifie de tout ce que lui reproche Appius, nulle justification de sa conduite pendant l'année 52. Une seule fois, il est fait allusion au procès de Milon[1] ; Cicéron veut montrer à Appius qu'il est invraisemblable qu'il ne soit pas animé à son égard des sentiments les plus amicaux : Pompée n'est-il pas le beau-père de la fille d'Appius ? et ce même Pompée n'a-t-il pas toujours témoigné à Cicéron la plus vive amitié ? en particulier ne l'a-t-il pas défendu des bruits calomnieux qui couraient sur son compte au moment de l'affaire Milon ? Cicéron profite habilement de l'occasion qui lui est offerte pour faire entendre à Appius, par l'exemple de Pompée, quel cas il doit faire de certaines calomnies. Mais, d'autre part, il répugne à instituer un débat qui ne pourrait qu'être funeste à leur amitié : il y a entre eux un souvenir qu'il faut laisser au temps le soin d'effacer. Appius, sans doute, pensait de même : et c'est pourquoi il ne fut point question entre eux de cette affaire si délicate.

Cicéron quitta Rome dans les derniers jours d'avril ou les premiers jours de mai[2]. Il voyagea sans hâte. Du 22 mai au

1. *Ad fam.*, III, 10, 10.

2. Schmidt, n° 2, p. 72, donne la date du 1er mai. Schiche, *Zu Ciceros Briefwechsel im Jahre* 51, p. 4 et 5, soutient qu'il a quitté Rome quelques jours avant la fin d'avril. Il ne nous paraît pas que la question soit définitivement résolue, ni même qu'elle puisse l'être.

10 juin, il séjourna à Brindes, retenu par une légère maladie et aussi attendant son légat Pomptinus[1]. Il s'y entretint peut-être avec un des deux gendres d'Ap. Claudius, soit M. Brutus, soit Cn. Pompée. Mais le texte qui fait allusion à cet entretien n'est pas sûr[2].

Cicéron écrivit, de Brindes, deux lettres à Ap. Claudius[3]. La première nous le montre occupé des mêmes soins que révélait la lettre *ad fam.*, III, 2. Il rappelle à Appius la demande qu'il lui a faite de lui faciliter son entrée en charge. Mais une nouvelle préoccupation est venue s'ajouter aux premières : Appius lui a fait dire par son légat Q. Fabius qu'il fallait pour la Cilicie des forces militaires assez importantes ; Cicéron n'a pu obtenir du Sénat un supplément de troupes ; du moins, prie-t-il Appius de ne pas renvoyer de soldats, comme il en avait eu un moment l'intention, et de garder ses effectifs au complet[4].

Cicéron était encore à Brindes, quand il reçut, le 4 juin, une lettre d'Appius en réponse à sa lettre du mois de mars. Cette lettre l'inquiéta. Nous en avons le témoignage par la réponse qu'il y fit, et où, d'un bout à l'autre, il proteste de la sincérité de ses sentiments[5]. Il est probable qu'Appius l'avait mise en doute, et que, malgré l'amabilité d'une assurance d'ailleurs mensongère, — il affirmait qu'il ne resterait en Cilicie après l'expiration de sa charge que pour avoir le plaisir d'y rencontrer Cicéron — il laissait voir à Cicéron

1. C'est le même personnage pour le triomphe de qui nous avons vu Cicéron et Appius unir leurs efforts en 54 (cf. plus haut, p. 44).

2. *Ad fam.*, III, 8, 5.

3. Ce sont les lettres *ad fam.*, III, 3 et 4.

4. *Ad fam.*, III, 3, 2.

5. *Ad fam.*, III, 4. Il faut remarquer le ton de plaidoyer justificatif que cette lettre emprunte à des asyndètes comme : *meum studium erga te... mea in te omnia...* ; on remarquera aussi la façon dont Cicéron interrompt brusquement son plaidoyer, en exprimant l'espoir que bientôt il sera plus amplement informé des griefs d'Appius et que, d'autre part, il pourra se justifier oralement devant lui : *sed, et si Clodium conuenero, ex illius sermone ad te scribam plura, et ipse operam dabo, te ut quam primum uideam.*

qu'il se défiait de son amitié. Ap. Claudius, dans une lettre officielle qu'il écrivit au Sénat, déclara avoir donné leur congé à un très grand nombre de ses soldats : or, il n'en avait rien fait, il avait gardé ses effectifs au complet[1]. Pourquoi ce mensonge? C'est apparemment qu'il voulait se faire envoyer de nouvelles troupes. Il projetait donc une expédition militaire sérieuse pour l'été de 51 : salué *imperator* par ses soldats à la suite d'une précédente campagne, il voulait se créer de nouveaux titres aux honneurs du triomphe[2]. Si notre raisonnement est juste, on conçoit que la nomination d'un successeur soit venue déranger ses plans d'une façon fort irritante, et qu'il en ait voulu à Cicéron de le priver, d'ailleurs bien malgré lui, d'une entreprise qu'il se promettait glorieuse.

Nous ne savons pas ce que L. Clodius était chargé de dire à Cicéron[3]. Mais remarquons que Cicéron qui, sur la foi des indications d'Appius, attendait L. Clodius à Brindes, ne le rencontra qu'à Corcyre. Pourquoi le départ de ce personnage fut-il retardé? D'autre part, Appius disait à Cicéron, dans la lettre que celui-ci reçut à Brindes, qu'il avait chargé L. Clodius de commissions pour lui : il semble que, sans préciser la nature de ces commissions, il demandait à Cicéron s'il pouvait avoir confiance dans son amitié, et lui laissait à penser qu'il attendait de lui quelque service important. Et Cicéron de répondre : « Mon zèle, mon dévouement « à votre égard, mille traits, je l'espère, vous l'ont déjà fait « connaître : pourtant, je le ferai éclater surtout dans les occa- « sions où il me sera le mieux donné de faire savoir que votre « réputation et votre honneur me sont chers avant toute

1. *Ad fam.*, III, 3, 2.

2. Cf. les deux inscriptions citées plus haut, p. 49, n. 3; en outre, deux cistophores d'Apamée portant [*Ap.*] *Pulcher Ap.* [*f.*] *imp.* et *Pulcher imp.* (*C. I. L.*, I, 526), et les lettres *ad fam.*, III, 1 et 2, adressées *Ap. Pulchro imp.*

3. Cf. *Ad fam.*, III, 4. — L. Clodius était le *praefectus fabrum* d'Ap. Claudius.

« chose »[1]. L'entrevue de L. Clodius et de Cicéron à Corcyre ne paraît pas du tout avoir eu le caractère de celle que Cicéron attendait à Brindes. L. Clodius ne demanda aucun service au nom d'Appius. Il se contenta de prier très instamment Cicéron d'entrer dans la province non point par la Pamphylie, mais par la Phrygie. Phanias, affranchi d'Appius, avait dit à Cicéron, à Brindes, qu'Appius s'embarquerait à Side, et serait heureux si son successeur entrait dans la province de ce côté-là. L. Clodius donne à Cicéron un deuxième rendez-vous ; ce n'est plus à Side, mais à Laodicée, qu'il rencontrera Appius, car celui-ci veut être tout près de la frontière, afin de pouvoir quitter la province aussitôt[2].

Cicéron était à quatre jours de marche de Laodicée, quand une lettre d'Appius[3] lui annonça que ses plans étaient encore une fois changés, et qu'il ne le trouverait pas au rendez-vous : il partait pour Tarse ; d'ailleurs, il ne fallait pas pour cela abandonner l'espoir de se rencontrer. Tout autre qu'Appius eût été fort embarrassé pour annoncer pareille nouvelle. Mais lui, savait le moyen de se tirer des situations embarrassantes par l'effronterie. Il paya d'audace. N'allait-il pas jusqu'à écrire que l'itinéraire adopté par Cicéron lui faisait concevoir des doutes sur la possibilité d'une rencontre[4] ? En effet, Cicéron entrait dans la province par la Phrygie, et pendant ce temps Appius serait à Tarse. Mais qui avait décidé Cicéron à entrer dans la province de ce côté-là, sinon Ap. Claudius lui-même ? Il allait plus loin encore : il s'enfonçait dans la province au moment où il aurait dû en sortir, et il avait le front d'écrire qu'il avait chargé Q. Scaevola de faire l'intérim pendant qu'il ne serait

1. *Ad fam.*, III, 4, 1.
2. *Ibid.*, 5, 3 ; 6, 2.
3. Cf. *ibid.*, 5 ; 6, 4. C'est la lettre que nous désignons dans notre Appendice I par le chiffre III.
4. *Ad fam.*, III, 5, 3 : *Quod itinerum meorum ratio te non nullam in dubitationem uidetur adducere, uisurusne me sis in prouincia.* Sur la contradiction entre ce passage et *Ad fam.*, III, 6, 4 : *non dubiam spem mei conueniendi adferebas*, voir Appendice I, lettre III.

plus là et que Cicéron n'y serait pas encore. Le moment était vraiment mal choisi pour donner une troisième fois[1] l'assurance qu'il n'avait rien tant désiré que de quitter la province au plus tôt. Mais le pire, c'est que Cicéron avait vu Q. Scaevola à Éphèse, était resté trois jours avec lui, et que ce dernier ne lui avait pas dit un mot de la prétendue délégation d'Appius.

Comment expliquer ces divers changements d'Ap. Claudius? Sont-ils dus, ainsi que le veut Drumann[2], à son désir de ne pas rencontrer Cicéron? — Mais Appius avait le plus grand intérêt à s'entretenir avec son successeur : n'avait-il pas besoin de lui pour qu'il envoyât à Rome de bons témoins au cas, toujours possible, où il aurait à répondre d'une accusation *de repetundis?* En outre, la répugnance à voir quelqu'un n'est pas un motif suffisant pour fuir à plus de mille kilomètres. Et comment expliquer qu'Appius se donne la peine de rendre la justice à Tarse, quand c'est désormais l'affaire de Cicéron? S'il est très regrettable, en général, que nous n'ayons pas les lettres d'Appius, nous devons particulièrement déplorer la perte de celle-là, qui ouvrit la série des malentendus.

Rien n'est plus obscur que cette période des rapports de Cicéron et d'Appius, qui va du mois de mars au mois d'août 51. Il ne sont pas fâchés, mais leur amitié est troublée. Appius paraît en vouloir à Cicéron, nous ne savons trop de quoi. Cicéron l'assure de son dévouement, fait appel au sien : il use d'infinis ménagements pour adoucir l'humeur d'un homme qu'il sent fort mal disposé.

L'attitude d'Appius s'explique par des raisons d'ordre général, que nous croyons connaître, et par d'autres, plus particulières, qui nous échappent. Nous savons déjà la part qu'il faut faire au ressentiment que pouvait éprouver Ap. Claudius contre le défenseur de Milon. A ce ressentiment s'ajoutait,

1. *Ad fam.*, III, 4, 2; 6, 2.
2. *G. R.*, II², p. 166.

à n'en point douter, le dépit d'être remplacé dans une province qui lui était une source considérable de profits, et lui procurait des jouissances de domination auxquelles son orgueil devait être très sensible. La jalousie d'un gouverneur de province à l'égard de son successeur était un sentiment extrêmement répandu[1]. Gabinius, gouverneur de Syrie, ne se résolut que difficilement, en décembre 55, à céder la place à Crassus[2]. En 54, nous voyons Cicéron, dans une lettre à P. Lentulus Spinther[3], proconsul de Cilicie, lui conseiller de ne point faire de difficultés pour transmettre ses pouvoirs à son successeur, Ap. Claudius. Mais Ap. Claudius était plus que tout autre accessible à ce sentiment : nous avons vu comment, étant consul, il fit accuser M. Aemilius Scaurus, qui lui avait succédé dans le gouvernement de Sardaigne ; nous avons vu aussi dans quels termes cette jalousie fut excusée par Cicéron, qui était loin de se douter alors qu'il en serait un jour la victime[4].

Le rôle de successeur d'Appius était donc par lui-même fort délicat. Il est hors de doute que des circonstances particulières vinrent le rendre plus difficile encore. Mais nous ne pouvons savoir avec précision quelles furent ces circonstances, et nous en sommes réduits à des conjectures.

L'étude de la lettre *ad fam.*, III, 4, nous a fait supposer qu'Appius songeait à demander un service important à Cicéron, et comptait se servir de L. Clodius pour l'obtenir de lui. Il s'agissait, par exemple, de faire payer, à Tarse ou aux environs, une forte somme à quelque débiteur aux abois, ou de faire disparaître les traces d'une affaire qui ne devait pas, pour l'honneur d'Appius, être connue. Le départ de L. Clodius fut, nous l'avons vu, retardé, et quand il vit

1. Cf. Cic., *Pro Scauro*, 33 : *res non modo non abhorrens a consuetudine, sed usitata etiamnum et ualde peruagata.*
2. Dio, XXXIX, 60, 4 ; Plut., *Crassus*, 15.
3. *Ad fam.*, I, 9, 25.
4. Cf. la citation de la note 1, et, plus haut, p. 43.

Cicéron à Corcyre, il ne fit que lui donner des indications sur l'itinéraire à adopter. Que s'était-il donc passé? Peut-être Ap. Claudius avait-il reçu une lettre de tel personnage qui avait vu Cicéron à Brindes, Fabius, Flaccus, Octavius ou Phanias, et cette lettre lui conseillait-elle de ne pas compter sur Cicéron pour une affaire comme la sienne[1]. Peut-être encore cette affaire avait-elle pris une tournure telle qu'il valait mieux n'en pas instruire Cicéron. Il fallait donc aussi qu'il n'en fût pas instruit par d'autres, et pour cela éviter qu'il entrât dans la province par le sud, où le scandale était connu. D'où la prière instante de L. Clodius de venir d'abord à Laodicée : *magno opere a me petiuit, ut Laodiceam protinus irem.*

Mais l'affaire de Tarse ne s'arrangeait pas du tout : la présence d'Appius là-bas devenait indispensable. Il fallait partir, et partir avant l'arrivée de Cicéron : car s'il l'avait attendu, quel prétexte ensuite aurait-il pu lui fournir de son départ pour Tarse? Par lettre, il pouvait se dispenser d'explications : et c'est ce qu'il fit. *Tua ratio postea est commutata,* dit Cicéron : il n'en sait pas davantage, et il est trop délicat pour paraître s'étonner d'un changement pourtant singulier. C'est par d'autres que plus tard il apprit comment Appius continuait à se comporter, à Tarse, en gouverneur de la province.

Bien qu'il ne se gênât point pour régler lui-même ces mystérieuses affaires qui lui tenaient tant à cœur, Appius en voulait à Cicéron de n'avoir pu compter sur lui pour cette besogne : c'est ce que trahissent, dans la lettre que Cicéron

1. Que des rapports peu favorables aient été faits à Ap. Claudius sur les sentiments de Cicéron à son égard, nous sommes autorisés à le conclure de certains passages de la lettre *ad fam.*, III, 5, 1 : ... *Ibi mihi presto fuit L. Lucilius cum litteris mandatisque tuis : quo quidem hominem neminem potuisti nec mihi amiciorem, nec, ut arbitror, ad ea cognoscenda, quae scire uolebam, aptiorem prudentioremue mittere.* Ce *quo quidem* ne marque-t-il pas que d'autres, qui sont moins ses amis, s'opposent dans son esprit à Lucilius? Cf. *ibid.*, 2 : *Quod quibus adhuc non satis est perspectum,* [*me tibi esse amicissimum*], *ii mihi nolle magis nos hoc animo esse quam non intelligere uidentur.*

reçut de lui le 27 juillet[1], des mots comme ceux-ci : « Il « m'est agréable sans doute de vous entendre rappeler le « souvenir des services que nous nous sommes rendus; « mais ce rappel est inutile, car ce sont choses trop anciennes »[2].

Nous croyons donc qu'Ap. Claudius, au moment où Cicéron arriva dans la province, était dans de graves embarras. On ne peut essayer d'expliquer précisément son attitude qu'en ayant recours, comme nous l'avons fait, à l'hypothèse. Il est sûr, en tout cas, qu'en donnant successivement à Cicéron deux rendez-vous différents et en manquant au deuxième, Appius obéit à des motifs plus sérieux que le simple désir de ne pas voir son successeur. Celui-ci, d'ailleurs, ignorait ces motifs : averti par Appius, au dernier moment et sans commentaire, de son deuxième changement de plan, il eut assez naturellement l'impression qu'on le fuyait[3]. Cette impression dut être d'autant plus pénible que quelques semaines avant, à Athènes, il avait fait une expérience toute semblable : C. Memmius, qui avait été condamné pour brigue à la suite de sa candidature consulaire de 54, et qui vivait en exil à Athènes, était parti pour Mytilène la veille de l'arrivée de Cicéron[4].

Irritation contre un homme plus honnête que lui et dont il ne pouvait faire son complice, jalousie de chef militaire, ressentiment contre l'avocat de Milon, dépit enfin d'être remplacé dans une province qu'il espérait exploiter encore, tous ces sentiments se mêlaient dans le cœur d'Appius pour le rendre de fort méchante humeur contre Cicéron. Nous avons vu comment il laissa paraître cette humeur

1. Cf. plus haut, p. 59 et n. 3.
2. *Ad fam.*, III, 5, 1.
3. Cf. *Ad Att.*, V, 16, 4 ; 17, 6.
4. *Ibid.*, 11, 6. Peut-être lui en voulait-il de ne pas l'avoir défendu lors de son procès, ou bien désirait-il éviter l'intervention de Cicéron dans sa querelle avec l'épicurien Patron (cf. *Ad Att.*, *l. c.*, et *Ad fam.*, XIII, 1).

non seulement par le sans-gêne de sa conduite, mais aussi par le ton même de ses lettres. Pourtant, il n'alla point jusqu'à la rupture. D'abord, il n'y avait nul intérêt : bien au contraire, il pouvait prévoir qu'une fois rentré à Rome, il aurait besoin des services de son successeur. D'autre part, il ne pouvait adresser à Cicéron aucun reproche précis, et, partant, il n'avait aucun motif avouable de rupture. Enfin, Cicéron montra à son égard tant de douceur et de patience que si même il avait voulu lui chercher sérieusement querelle, il aurait eu infiniment de peine à le pousser à bout.

La bonne volonté de Cicéron nous paraît inlassable. D'aucuns la lui ont reprochée[1]. Il ne voulait pas se brouiller avec Appius une seconde fois. D'abord, tout comme lui, il n'y avait aucun intérêt : son influence ne lui serait-elle pas utile pour obtenir des supplications, — ou même le triomphe ? D'autre part, il comprenait qu'au moment où la République était menacée, où Pompée avait besoin de grouper autour de lui tous ses amis pour la défendre, deux consulaires ne devaient pas donner l'exemple de la discorde. On peut même supposer assez vraisemblablement que Pompée, auprès de qui il avait séjourné trois jours, à Tarente, lui avait instamment recommandé de conserver une amitié dont lui-même avait été le principal ouvrier.

1. Cf. Tyrrel, III², Introduction, p. XV.

CHAPITRE II

L'ENTREVUE D'AP. CLAUDIUS ET DE CICÉRON A ICONIUM (1er Septembre 51).

Cicéron arriva à Laodicée le 31 juillet 51. La lettre d'Ap. Claudius qu'on lui avait remise à Tralles quatre jours auparavant lui avait fait espérer que ses débuts de gouverneur lui seraient faciles. Appius lui annonçait, en effet, que les Parthes se tenaient tranquilles, que les traités avec les publicains étaient conclus, enfin qu'il avait réprimé une révolte des soldats, et que la solde leur avait été entièrement payée jusqu'au 15 juillet[1].

Mais Cicéron ne fut pas longtemps sans s'apercevoir de l'état lamentable où son prédécesseur avait réduit la province. Il ne resta que trois jours à Laodicée ; et déjà le 3 août, en quittant cette ville, il écrit à Atticus : « Je me « garde d'irriter les plaies qu'a faites Appius ; mais elles « sont trop visibles, on ne peut pas les cacher »[2]. Son impression s'aggrave à mesure qu'il avance dans la province. Le 11 août, en quittant Synnade, où il a passé trois jours[3], il écrit à Atticus : « Je n'entends partout que

1. *Ad Att.*, V, 14, 1. Cf. les remerciements que Cicéron adresse à Appius, dans *Ad fam.*, III, 5, 1.
2. *Ad Att.*, V, 15, 2.
3. Cf. *ibid.*, 16, 2 ; 20, 1 ; *Ad fam.*, XV, 4, 2.

« les mêmes plaintes : on ne peut payer les taxes person-« nelles exigées; chacun a vendu ses biens ou ses titres; les « cités gémissent, pleurent : conduite insensée d'un homme « qui est bien plutôt quelque monstreuse bête féroce! Que « te dirai-je? ils sont tous las de vivre... » Cicéron ne manque pas d'opposer, dans la même lettre, sa conduite à celle d'Appius : il ne demande rien, ni pour lui, ni pour sa cohorte, aux habitants des régions qu'il traverse; rien, pas même ce que la loi de Jules César l'autorise à demander; et souvent il a préféré coucher sous la tente plutôt que d'occasionner quelque dépense à ceux qui lui offraient leur maison. Aussi, quel enthousiasme dans la province! Sur sa seule réputation, les provinciaux attendaient impatiemment sa venue : et pourtant, il a réussi à dépasser leurs espérances[1].

Il s'efforçait, en réparant le mal fait par Appius, de ménager le plus possible son prédécesseur[2]. Pourtant, des cris de pitié et d'indignation durent lui échapper quelquefois, et sans doute il ne réprima pas toujours les mouvements de sa vanité. Du reste, il avait des raisons personnelles d'être mécontent d'Appius. On lui apprenait que son prédécesseur tenait ses assises à Tarse, prenait des décisions, rendait la justice tout comme s'il était encore gouverneur[3]. Une telle désinvolture dut blesser profondément Cicéron; toutefois, il n'en laissa rien paraître : les gens qui lui avaient appris cela étaient, à n'en pas douter, mal intentionnés; sans doute leurs propos avaient quelque raison d'être : mais qu'importait à Cicéron? il serait ainsi allégé d'une partie de son travail, et la durée de son gouvernement, qu'il trouvait long et ennuyeux, serait diminuée d'un mois[4].

1. *Ad Att.*, V, 16, 2 et 3.

2. Cf. *ibid.*, 17, 6 : *Satis enim habeo negotii in sanandis uulneribus, quae sunt imposita prouinciae : quod do operam ut faciam quam minima cum illius contumelia.*

3. *Ad fam.*, III, 6, 4; 8, 6.

4. *Ibid.*, 6, 5.

Voilà en quels termes Cicéron écrivait à Appius tandis qu'il marchait, à la tête de ses deux légions, vers la Cilicie. Depuis plus d'un mois, il n'avait reçu d'Ap. Claudius aucune nouvelle : lui-même n'avait pas écrit, parce que chaque jour il s'attendait à le voir paraître. En quittant le camp de d'Iconium, où il avait concentré ses troupes et où il avait séjourné du 24 au 29 août[1], il jugea bon d'informer Appius de son départ et de lui indiquer la route qu'il comptait suivre. En même temps, il lui reprochait avec beaucoup de douceur sa conduite : les malveillants n'y trouveraient-ils pas matière à proclamer que Cicéron et Ap. Claudius n'étaient point amis? Deux choses surtout le chagrinaient : il voulait accomplir quelque action militaire avant que la saison fût trop avancée, et, d'une part, il ne savait ni où ni quand il rencontrerait Appius, dont les conseils lui auraient été précieux pour les opérations militaires qu'il projetait : d'autre part, il lui manquait trois cohortes à effectif complet, dont il ne savait même pas ce qu'elles étaient devenues. A la vérité, il se doutait bien qu'Appius les avait emmenées avec lui pour assurer par la force le règlement de ses affaires. Il envoya un de ses lieutenants à la rencontre d'Appius, et, dans sa lettre à celui-ci, il le priait de remettre les cohortes à ce personnage, « s'il le jugeait bon »[2]. On ne saurait trop admirer comme Cicéron sait cacher son mécontentement sous le voile d'une politesse exquise.

Le porteur de la lettre que nous venons d'étudier (*Ad fam.*, III, 6) n'alla pas chercher Appius bien loin. Il croisa en effet un émissaire que ce dernier envoyait à Cicéron pour lui annoncer son arrivée.

Le moment auquel nous sommes parvenus est capital dans l'histoire des rapports de nos deux personnages en Cilicie. Aussi importe-t-il de se représenter bien claire-

1. Cf. Schmidt, p. 78 et 79.
2. *Ad fam.*, III, 6, 5.

ment comment les choses se sont passées. Malheureusement, la source de notre information est unique : ce sont les lettres de Cicéron ; et l'interprétation en est sur ce point particulièrement délicate. Alors qu'on aurait d'abord besoin de savoir dans quel ordre exact les événements se sont déroulés, il se trouve que la chronologie de ces quelques jours est restée jusqu'à présent très incertaine.

Trois textes sont en présence, qui paraissent au premier abord inconciliables, quand on garde la leçon des manuscrits :

1° *Ad fam.*, III, 6, 6 : *Ego in prouinciam ueni pridie Kal. Sextiles : iter in Ciliciam facio per Cappadociam : castra moui ab Iconio pridie Kal. Septembres.*

2° *Ad fam.*, XV, 3, 1 : ... *Cum ad me legati missi ab Antiocho Commageno uenissent in castra ad Iconium a. d. III Non. Septembres.*

3° *Ad fam.*, XV, 4, 3 : *Interim cum exercitu lustrato iter in Ciliciam facere coepissem Kal. Sept. legati a rege Commageno ad me missi pertumultuose, neque tamen non uere, Parthos in Syriam transisse nuntiauerunt.*

Manutius[1], frappé de la contradiction des deux premiers textes, et ne pouvant expliquer que Cicéron fût au camp d'Iconium le 3 septembre quand il en était parti le 29 août avec son armée, corrige dans le deuxième texte *Non.* en *Kal.* — Mais le troisième texte, tel qu'il était, n'allait avec aucun des deux premiers : si l'on mettait la virgule après *Kal. Sept.*, on se heurtait au premier texte ; si on la plaçait avant, on se heurtait au deuxième. Manutius fit une conjecture ingénieuse : il supposa, ce qui est, au point de vue paléographique, très admissible, que le texte : COEPISSEM KAL SEPT n'était qu'une corruption d'un texte primitif :

1. Manutius, *Commentarius in Ciceronis epistolas ad diversos*, 2 vol. in-8°, Leipzig, 1779-80. Commentaire de la lettre *ad fam.*, XV, 3 (II, p. 860).

COEPISSEM III KAL SEPT, le voisinage des trois jambages de l'M ayant amené la disparition de III. Il écrivit donc :

Interim, cum exercitu lustrato iter in Ciliciam facere coepissem, III Kal. Sept. legati...[1].

Est-il besoin de faire remarquer la fragilité d'une correction qui se fonde sur une correction précédente, quand celle-ci est purement conjecturale ? Mais il y a pire : les corrections de Manutius n'ont même pas l'avantage de lever toute contradiction entre les trois textes. D'une part, d'après le deuxième, Cicéron aurait été encore au camp d'Iconium le 28 août, quand il reçut les ambassadeurs, et, d'après le troisième, il l'aurait déjà quitté à cette date. D'autre part, ce même troisième texte, tel que nous l'offrent les éditeurs qui ont suivi Manutius, est en contradiction formelle avec le premier.

Il nous a semblé que nous ne devions abandonner le texte donné unanimement par tous les manuscrits que devant l'impossibilité absolue de toute explication raisonnable. L'exemple de Hofmann et de Moll[2], qui ont essayé d'interpréter le texte donné par les manuscrits, l'autorité de C. F. W. Müller, qui, dans son édition critique des œuvres de Cicéron, conserve ce texte, nous ont encouragé à chercher dans cette voie. Hofmann ponctue, dans la lettre *ad fam.*, XV, 4, 3 :

Interim, cum exercitu lustrato iter in Ciliciam facere coepissem Kal. Sept., legati...

La date *Kal. Sept.* ne s'appliquerait pas à l'ambassade du roi de Commagène. Celle-ci aurait eu lieu, comme il est dit

1. Les leçons de Manutius ont été adoptées par Baiter, par Wesenberg et par Tyrrel.

2. Hofmann, *Ausgewählte Briefe* (ne donne que la lettre *ad fam.*, III, 6, et la lettre *ad fam.*, XV, 4); Moll, *De temporibus epistularum Tullianarum*..., p. 24 et 25. — De même, plus récemment, L. W. Hunter, *Cicero's journey to his province of Cilicia in 51 B. C.*, dans *Journal of roman studies*, III (1913), p. 80 sq.

dans *Ad fam.*, XV, 3, 1, le troisième jour avant les Nones de septembre. Ainsi la contradiction est levée entre les textes 2 et 3[1]. Mais ce n'est point supprimer la difficulté, c'est simplement la déplacer, en même temps que la virgule. Car ce sont maintenant les textes 1 et 3 qui se trouvent en contradiction : Cicéron ne peut pas dire que le 1er septembre il a commencé à faire route vers la Cilicie, puisque c'est la veille qu'il a levé le camp (*castra moui ab Iconio pridie Kal. Septembres*).

Schmidt[2] déclare qu'on ne peut mieux faire que de garder les textes tels que Manutius les a établis. Pour lever les contradictions que nous avons signalées entre ces textes, il donne à *coepissem*, dans *Ad fam.*, XV, 4, 3, le sens de « préparer ». Le 28 août, Cicéron aurait passé ses troupes en revue, *préparé* son départ, et reçu la visite des ambassadeurs[3]; le lendemain, 29 août, il aurait levé le camp[4]. Dans la nuit du 29 août au 1er septembre, Appius aurait passé devant le camp de Cicéron[5]. Mais, outre la défiance que doivent nous inspirer les deux corrections solidaires de Manutius, il nous paraît impossible de donner à *cum iter in Ciliciam facere coepissem* un autre sens que celui-ci : « comme j'avais commencé à faire route vers la Cilicie ». Si, pour Schmidt, cette phrase désigne des actes qui sont seulement la préparation du départ, pour Hofmann, ainsi que nous l'avons vu, elle désigne des actes postérieurs d'un jour à la levée du camp. Ces deux interprétations opposées sont également arbitraires ; à les confronter on se convainc qu'il faut garder aux mots leur sens propre : il n'y a de sécurité que là.

1. La ponctuation d'Hofmann a été adoptée par Moll et par L. W. Hunter.
2. Schmidt, n° 9, p. 80 et 81.
3. *Ad fam.*, XV, 4, 3; 3, 1.
4. *Ibid.*, III, 6, 6.
5. *Ibid.*, 7, 4.

Schiche[1] écrit, en s'inspirant de la correction de Manutius : *cum exercitu lustrato iter in Ciliciam facere coepissem II Kal. Sept., legati...* Ainsi le texte est mis parfaitement d'accord avec *Ad fam.*, III, 6, 6. — Mais on ne comprend pas que Schiche n'ait pas fait l'économie de cette correction, puisqu'il a eu l'idée que Cicéron pouvait bien avoir reçu des nouvelles de l'invasion des Parthes en Syrie avant l'ambassade du 3 septembre. On doit, en effet, tirer cette conclusion des textes suivants :

Ad fam., XV, 2, 1 : *cum... nuntii et litterae de bello a Parthis in prouinciam Syriam illato cotidie fere adferrentur.*

Ad fam., XV, 1, 1 : *Etsi non dubie mihi nuntiabatur Parthos transisse Euphraten cum omnibus suis copiis, tamen statuebam...*

Ad Att., V, 20, 2 : *Ex his castris cum graues de Parthis nuntii uenirent, perrexi in Ciliciam per Cappadociae partem eam, quae Ciliciam attingit*[2].

Mais le texte qui prouve le mieux que Cicéron ait reçu des nouvelles des Parthes avant le 3 septembre, c'est précisément le texte *Ad fam.*, XV, 4, 3, tel que nous l'offrent les manuscrits : *cum... iter in Ciliciam facere coepissem*[3], *Kal. Sept. legati a rege Commageno ad me missi...*

En refusant d'admettre ce texte, et en affirmant que les nouvelles qui parvinrent à Cicéron au sujet des Parthes avant le 3 septembre lui venaient d'ailleurs que du roi de Commagène, Schiche non seulement se prive du témoignage le plus probant, mais encore se heurte au texte suivant, qu'il ne parvient pas à expliquer d'une façon satisfaisante :

1. Schiche, *Zu Ciceros Briefwechsel während seiner Statthalterschaft in Cilicien*, p. 15.

2. Les deux imparfaits *nuntiabatur*, *uenirent*, marquent une action qui se répète.

3. Il faut ponctuer ainsi, sous peine de s'embarrasser dans les contradictions que nous avons signalées. C'est la ponctuation qu'adopte C. F. W. Müller.

Ad fam., XV, 1, 2 : *Regis Antiochi Commageni legati primi mihi nuntiauerunt Parthorum magnas copias Euphraten transire coepisse.*

Nous croyons que Cicéron reçut deux ambassades du roi de Commagène, l'une le 1er septembre, *cum iter in Ciliciam facere coepisset* (*Ad fam.*, XV, 4, 3), l'autre le 3 septembre, *in castris ad Iconium* (*Ad fam.*, XV, 3, 1). Ces ambassades ne différaient pas seulement par la date et par le lieu où Cicéron les reçut, mais encore, dans une certaine mesure, par la nature des nouvelles qu'elles apportaient. Les termes mêmes des deux lettres *ad fam.*, XV, 4, 3 et 3, 1 rendent difficile d'admettre qu'il s'agisse dans l'une et l'autre de la même ambassade. Les nouvelles apportées le 1er septembre étaient confuses et brèves : ... *pertumultuose, neque tamen non uere, Parthos in Syriam transisse nuntiauerunt.* Celles du 3 septembre étaient beaucoup plus claires et plus détaillées : « Le fils du roi des Parthes, qui était marié à la sœur du roi d'Arménie, s'était avancé vers l'Euphrate avec une grande armée de Parthes, renforcée d'une troupe importante formée par des peuples divers, et il avait commencé à passer le fleuve : on disait même que le roi d'Arménie se proposait d'envahir la Cappadoce ». Sans doute, Antiochus de Commagène avait voulu annoncer l'approche des Parthes au général romain dès qu'il en avait été informé, et sans attendre les détails. Puis, il avait reçu des renseignements plus précis, et il s'était empressé de les faire connaître à Cicéron par une seconde ambassade.

Il reste à expliquer comment Cicéron, après avoir quitté le camp d'Iconium le 29 août, se trouvait de nouveau, le 3 septembre, *in castris ad Iconium*[1]. Cela tient, d'une part,

1. Schmidt, qui adopte les corrections de Manutius, n'a pas à se poser cette question, l'ambassade dont parle la lettre *ad fam.*, XV, 3 ayant eu lieu, pour lui, le 28 août. Hofmann et Moll ont prétendu que Cicéron, jusqu'au 3 septembre, n'avait pas quitté le camp d'Iconium. Schmidt leur objecte victorieusement le texte *ad fam.*, III, 6, 6 : *Iter in Ciliciam facio per Cappadociam : castra moui ab Iconio pridie Kal.*

à ce que Cicéron modifia son itinéraire et revint sur Iconium après l'avoir dépassé; d'autre part, à ce qu'Ap. Claudius arriva sur ces entrefaites, et que Cicéron, pour le voir, immobilisa ses troupes pendant toute la journée du 2 septembre.

Il importe de remarquer que les *castra ad Iconium* dont il s'agit dans *Ad fam.*, XV, 3, 1 ne sont pas forcément le même camp dont parle la lettre *ad fam.*, III, 6. Cicéron, après avoir quitté ce camp le 29 août, se retrouva, le soir du 1er septembre, non loin d'Iconium (*ad Iconium*), mais d'un autre côté de la ville. Le camp que Cicéron quitta le 29 août devait être situé, comme le fait très justement remarquer Schiche[1], au nord-ouest d'Iconium, c'est-à-dire non loin de la route d'Iconium à *Laodicea combusta*[2]. Il y avait deux routes pour aller d'Iconium en Cilicie : l'une se dirigeait vers le sud, puis le sud-est, et atteignait Séleucie; l'autre allait vers l'est, franchissait la frontière de Cappadoce, et, passant le Taurus par les portes de Cilicie, descendait sur Tarse. Cicéron, après avoir passé devant Iconium, s'engagea sans doute sur la première route : mais, dans la journée du 1er septembre, il reçut une ambassade du roi de Commagène qui lui annonçait l'invasion des Parthes en Syrie. Cette nouvelle modifia ses plans[3] : il pensa que la Cilicie, grâce à ses montagnes, était inattaquable du côté de l'est, mais que la présence des Parthes en Syrie était une menace

Sept. : nunc tu et ex diebus et ex ratione itineris si putabis me esse conueniendum, constitues quo loco id commodissime fieri possit et quo die. Le texte est formel, et on doit en tenir d'autant plus de compte que Cicéron s'applique, dans cette lettre, à renseigner exactement Appius sur l'emploi de son temps : il est donc inadmissible que, restant au camp d'Iconium, il lui laisse croire qu'il l'a quitté avec son armée. Sans compter qu'on imagine difficilement pour quelles raisons Cicéron, après avoir envoyé son armée en avant, serait resté quatre jours durant dans un camp aux trois quarts vide.

1. Cf. Schiche, *o. c.*, p. 14.
2. Voir la Carte.
3. *Ad fam.*, XV, 4, 3 et 4.

pour la Cappadoce : il devait donc conduire son armée de ce côté. Il lui fit faire demi-tour, et le soir du 1er septembre elle campait non loin de l'embranchement des deux routes. C'étaient toujours des *castra ad Iconium,* mais ce n'était point le camp qu'il avait quitté la veille : celui-ci était situé au nord-ouest de la ville, et le nouveau du côté opposé, au sud-est.

Dans la journée du 1er septembre, Cicéron écrivit à Ap. Claudius la lettre *ad fam.*, III, 6[1]. On se souvient qu'il lui reprochait doucement le sans-gêne avec lequel il continuait à gouverner quand il aurait dû céder la place à son successeur; il disait surtout combien il était peiné qu'Appius parût éviter de le rencontrer. La loi Cornelia enjoignait à celui-ci de quitter sa province dans un délai de 30 jours à dater de l'arrivée de son successeur : or, Cicéron était arrivé le 31 juillet, et on était au 1er septembre. « Pour qu'il « vous soit loisible, lui écrivait Cicéron, de calculer où vous « pourriez me rencontrer sans que la loi Cornelia soit vio- « lée, je suis entré dans la province le 31 juillet; je fais route « vers la Cilicie par la Cappadoce; j'ai quitté Iconium le « 29 août. Si maintenant, d'après ces dates et d'après votre « itinéraire, vous pensez pouvoir me rencontrer, vous déci-

1. Moll la date du 3 septembre. Il s'appuie sur les mots : *iter in Ciliciam facio per Cappadociam,* qui ne peuvent avoir été écrits avant l'arrivée des messagers d'Antiochus de Commagène, puisque ce furent les nouvelles apportées par eux qui déterminèrent Cicéron à faire route par la Cappadoce. L'argument qu'il présente est excellent. Mais la date qu'il propose est trop reculée : il est invraisemblable que Cicéron, voulant informer Appius très exactement de ses faits et gestes, ne lui dise rien de précis que sur ce qu'il a fait quatre jours auparavant. Du moment que nous avons établi que Cicéron reçut une ambassade du roi de Commagène le 1er sept., c'est de ce jour-là qu'il faut dater la lettre *ad fam.*, III, 6. — Schiche, *o. c.*, p. 12, s'efforce de maintenir la lettre à la date du 29 août. Mais les termes mêmes de la lettre rendent cette date peu vraisemblable : *iter in Ciliciam facio per Cappadociam : castra moui ab Iconio pridie Kal. Sept.* : l'action marquée dans la seconde phrase est nettement située dans le passé par le parfait *moui.* Cicéron fait allusion à des événements qui ont eu lieu la veille ; l'événement du jour, c'est : *iter facio per Cappadociam.*

« derez en quel lieu et quel jour il est possible de le faire le « plus aisément ». Cette lettre ne peut, de toute façon, être antérieure au 29 août : dès cette date, d'après le système de numération des Romains, les 30 jours prévus par la loi Cornelia étaient révolus. Or, Cicéron propose à Appius de choisir son jour, comme s'il disposait encore d'une certaine marge. Il y a là une difficulté qu'on a voulu résoudre en corrigeant, dans *Ad fam.*, III, 6, 3, *triginta diebus* en *tribus et triginta diebus* : le délai fixé par la loi Cornelia aurait été de 33 jours[1]. Il nous semble que l'expédient de cette correction peut être évité. Cicéron dit : *quo loco me salua lege Cornelia conuenias.* Si l'on rapproche de ces mots l'indication suivante : *iter in Ciliciam facio per Cappadociam,* on se persuade que Cicéron pense à une rencontre en Cappadoce, c'est-à-dire en dehors de la province : dans ces conditions, Appius aura respecté la loi Cornelia, ou du moins il ne l'aura pas violée avec éclat; en même temps, Cicéron se sentira plus libre en face de son interlocuteur, qui ne sera plus pour lui qu'un simple particulier.

Les événements déjouèrent les calculs de Cicéron. Le jour même où il écrivait à Appius, celui-ci lui dépêchait un esclave pour lui faire savoir qu'il serait à Iconium avant le jour. Croyant que Cicéron campait toujours au delà d'Iconium, il comptait que la distance permettrait à son messager de prendre sur lui plusieurs heures d'avance. Cicéron aurait ainsi le temps de s'apprêter à le recevoir. Mais la mission de l'esclave fut achevée aussitôt que commencée. Il arriva au camp de Cicéron entre 21 heures et minuit[2]. Appius le suivait de près. Cicéron envoya aussitôt deux de ses lieutenants, Varron et Lepta, sur les deux routes par lesquelles Appius pouvait arriver. Ils devaient devancer Appius dès qu'ils l'auraient aperçu, et venir avertir Cicéron afin qu'il

1. Schiche, *o. c.*, *l. l.*
2. *Secunda fere uigilia* (*Ad fam.*, III, 7, 4).

pût aller à sa rencontre. Bientôt Lepta revint au galop de son cheval annoncer à Cicéron qu'Appius avait dépassé le camp [1]. Il est peu probable qu'Ap. Claudius n'ait pas aperçu le camp romain. Mais il fut froissé de voir que Cicéron ne venait pas à sa rencontre [2]. On ne saurait affirmer qu'il eût reçu alors la lettre que Cicéron venait de lui écrire : il se peut que le messager qui en était porteur se soit engagé sur celle des deux routes qu'Ap. Claudius n'avait pas prise. Mais s'il la reçut, elle dut lui déplaire. Le respect que Cicéron y marquait pour la loi Cornelia lui fit croire peut-être que son successeur s'était volontairement abstenu de lui rendre des honneurs auxquels, légalement, il ne pouvait plus prétendre. D'autre part, la modération même avec laquelle Cicéron lui adressait ses reproches lui donnait plus vivement conscience de ses torts : et il était de ces hommes chez qui l'embarras se mue en colère. Il ne s'arrêta donc point, et continua sa route tout droit vers Iconium. Après tout, si son successeur tenait à le voir, il n'aurait qu'à se donner la peine de l'y rejoindre.

C'est en effet ce que fit Cicéron : le matin du 2 septembre, il était à Iconium. On a cru longtemps qu'il était arrivé trop tard à Iconium, et n'y avait plus trouvé Appius [3]. Nous pensons au contraire, avec Schiche [4], que Cicéron et Ap. Claudius se rencontrèrent.

Cicéron dit dans la lettre *ad fam.*, III, 7, adressée à Ap. Claudius : *Confestim Iconium ueni. Cetera iam tibi nota sunt.* A partir de ce moment-là, Cicéron n'a plus rien à apprendre à Appius. S'ils ne s'étaient point rencontrés, Cicéron s'exprimerait-il de la sorte ? C'est la première lettre

1. *Ad fam.*, III, 7, 4.
2. Cf. *ibid.*, 4 et 5.
3. Drumann, VI^1, p. 123 sq.; II^2, p. 166; Moll, *o. c.*, p. 24; Schmidt, p. 81.
4. Schiche, *o. c.*, p. 12 et 13. L. W. Hunter, *l. c.*, p. 88-89, conclut aussi, non sans hésitation, à la rencontre.

qu'il écrit à Appius depuis le 1er septembre. Ne serait-il pas naturel qu'il fît savoir à son correspondant comment, arrivé à Iconium, il a appris qu'il avait déjà quitté la ville? Si Appius n'était plus à Iconium quand Cicéron y arriva, de quelle manière expliquer qu'à partir de cette arrivée tout le détail des événements fût connu de lui? Nous ne comprenons pas, dans cette hypothèse, le *Cetera iam tibi nota sunt.* D'autre part, est-il vraisemblable que Cicéron n'ait pas opposé au reproche qu'Appius lui faisait de n'être pas venu au-devant de lui celui d'avoir évité la rencontre? et qu'abandonnant un moyen de défense si excellent, il ait brusquement arrêté sa justification par ces mots d'ailleurs inexacts : *Cetera iam tibi nota sunt* ?

Tout devient clair, au contraire, si l'on suppose que nos deux personnages se sont rencontrés. A partir du moment où Cicéron a rejoint Appius à Iconium, tout ce qui s'est passé entre eux est également bien connu de l'un et de l'autre, et il serait superflu d'y insister. D'autant plus qu'il s'agit pour Cicéron d'expliquer à Appius comment il n'a pu, le soir du 1er septembre, aller au-devant de lui : ses explications s'arrêtent naturellement avec le *Confestim Iconium ueni.*

Ce qui a fait penser que nos deux personnages ne s'étaient pas rencontrés, c'est sans doute qu'il n'est jamais question de cette entrevue dans les lettres que Cicéron adressa ensuite à Appius. On pourrait à la rigueur expliquer ce silence en alléguant que toutes les questions pour lesquelles Cicéron souhaitait voir Appius avaient été réglées à ce moment; qu'il n'était donc plus besoin d'y revenir; que leur conversation n'avait rien laissé qui appelât un échange de lettres, et que la matière de leur correspondance après la rencontre fut fournie par des incidents nouveaux. Mais ces explications paraîtront insuffisantes ; et l'absence de toute allusion à la rencontre du 2 septembre ferait à bon droit douter de la réalité de cette rencontre, si l'on n'en devait trouver la raison dans une réserve systématique de Cicéron. Il évite de parler de l'entrevue d'Iconium dans les lettres qu'il écrit à Appius, ou il ne le fait qu'à mots couverts, comme le *Celera iam tibi nota sunt* dont il vient d'être question : c'est par un sentiment de délicatesse, pour ne pas souligner que cette entrevue a eu lieu en violation de la loi Cornelia. On ne trouve, dans les lettres de Cicéron à ses autres correspondants, nulle allusion à la rencontre : il est permis de supposer que si quelque lettre en parlait, elle fut détruite sur la demande de Cicéron au moment du procès *de maiestate* qui fut intenté à Ap. Claudius[1].

Si on admet comme plausible l'explication que nous venons de donner, on devra renoncer à arguer du silence de Cicéron pour prétendre que les deux proconsuls ne se rencontrèrent pas. Et, d'ailleurs, ne serait-ce pas une chose bien surprenante que l'entrevue dont parlaient toutes les lettres antérieures[2] n'ait pas eu lieu, et que pourtant Cicéron ne manifeste en aucun endroit sa déception ; bien mieux, qu'il ne soit nulle part question, dans les lettres postérieures au 1er septembre, de ce qui inquiétait Cicéron avant cette date. Il désirait vivement être renseigné sur le sort de trois cohortes qui manquaient à l'effectif de ses légions : si les lettres qui suivent la lettre *ad fam.*, III, 6 n'en parlent plus, c'est apparemment qu'Ap. Claudius, qui ramenait avec lui deux d'entre elles[3], les lui avait remises. Il voulait demander à Appius de défendre ses intérêts à Rome, surtout le prier de ne pas laisser prolonger d'un an la durée de son proconsulat. « Je ne vous donnerai aucune commission, lui écrivait-il le 27 juillet, avant d'avoir perdu toute espérance de pouvoir vous entretenir de vive voix »[4]. Or, dans les

1. Voir plus loin, p. 97 sq.
2. Cf. *Ad fam.*, III, 4, 5 et 6.
3. La *cohors praetoria* avait été laissée en garnison à Epiphanea (cf. *Ad fam.*, XV, 4, 7).
4. *Ad fam.*, III, 5, 4.

lettres postérieures au 27 juillet, nous ne trouvons pas d'allusion aux intérêts de Cicéron à Rome, sauf en un endroit. Et c'est précisément cet endroit qui nous offre la preuve certaine que Cicéron et Appius se sont vus à Iconium : « J'ai eu plaisir, écrit Cicéron le 8 octobre, à être in-« formé par vous de ce qui se passe à Rome : mais ce qui m'a « été le plus agréable, c'est de recevoir l'assurance que vous « ne négligerez rien des recommandations que je vous ai « faites. Parmi ces recommandations, j'insiste tout particu-« lièrement sur celle-ci : faites en sorte qu'on ne complique « ni n'aggrave ma charge, ni n'en prolonge la durée... »[1].

Le texte est très clair, et l'on est en droit de s'étonner que Schiche ait paru l'ignorer. Les mots *in quibus* interdisent de penser que *omnia mea mandata* ait le sens de *omnia quae tibi mandaturus essem*. Dans ces conditions, et s'il faut que *omnia mea mandata* désigne des recommandations déjà faites par Cicéron à Ap. Claudius, comme nous n'en trouvons pas dans les lettres d'autres traces que celles-ci, on doit nécessairement conclure que ces recommandations ont été faites de vive voix et que, par conséquent, Cicéron et Appius se sont rencontrés à Iconium.

Quel fut leur entretien[2]? Nous en sommes réduits là-dessus à de vagues conjectures. Il fut assez long pour que fussent réglées définitivement toutes les questions qui préoccupaient Cicéron avant l'entrevue : car les lettres qui suivirent n'y font plus aucune allusion et traitent de sujets nouveaux. Il fut cordial. Cicéron donna à Appius plusieurs commissions pour Rome; il l'entretint de ce qu'il comptait

1. *Ad fam.*, III, 8, 9 : *De rebus urbanis quod me certiorem fecisti, cum per se mihi gratum fuit, tum quod significasti tibi omnia mea mandata curae fore. In quibus unum illud te praecipue rogo, ut cures ne quid mihi ad hoc negotii aut oneris accedat aut temporis...*

2. L. W. Hunter, *l. c.*, p. 88, croit qu'il fut hâtif, n'éclaircit rien et laissa les deux hommes mécontents. Cette opinion se fonde essentiellement sur une interprétation erronée du *Cetera iam tibi nota sunt*, que l'auteur traduit : « Tu sais le reste, *maintenant que tu es à Rome* ».

faire dans la province, et lui fit part des nouvelles inquiétantes qu'il venait de recevoir des Parthes[1].

Appius lui donna quelques conseils sur la façon dont il pouvait le plus utilement mener sa campagne[2]. Il lui conseilla entre autres choses de n'envoyer de rapport au Sénat qu'une fois les opérations terminées : c'était d'un effet plus sûr[3]. Appius ne reprocha pas à Cicéron de n'être pas venu à sa rencontre : Cicéron n'aurait-il pas pu lui objecter la loi Cornelia, et que, simple particulier, il n'avait pas droit à ces honneurs? Cicéron, de son côté, se garda bien de parler de la loi Cornelia, ni du séjour prolongé qu'Appius avait fait à Tarse[4].

Cicéron triomphait donc de la mauvaise humeur qu'Ap. Claudius avait constamment montrée depuis trois mois. Rien n'avait rebuté sa patience : en face du sans-gêne et de l'insolence d'Appius, il avait fait preuve d'une bonne volonté inlassable. Il avait enchaîné ce grand seigneur orgueilleux et brutal dans les liens habiles de sa politesse. Mais Appius allait bientôt s'en évader, comme s'il avait quelque défaite

1 Cf. *Ad fam.*, III, 8, 9 et 10. Appius a assuré Cicéron qu'il ne négligerait rien de ce dont il l'avait chargé. Il lui a demandé de le tenir au courant de ses opérations militaires.

2. Cf. *ibid.*, 6, 5 : *...ut, dum tempus anni esset idoneum, aliquid negotii gerere possem. In quo tuo consilio ut me sperarem esse usurum et amicitia nostra et litterae tuae fecerant : quod ne nunc quidem despero.*

3. Cf. *ibid.*, 9, 4 : *Omnino serius misi litteras, quam uellem... Sed id feci adductus auctoritate et consilio tuo.* — Si Appius n'avait pas donné ce conseil dans l'entrevue d'Iconium, il n'aurait pu le faire que dans la lettre à laquelle répond *Ad fam.*, III, 8. En effet, les lettres d'Appius auxquelles répondent *Ad fam.*, III, 7 et 9, n'ont pas été reçues par Cicéron avant le mois de février 51 : or, le rapport au Sénat a été envoyé de Tarse à la fin de décembre 50 (cf. Schmidt, nº 12, p. 84). Mais comme dans *Ad fam.*, III, 8 nous ne trouvons pas d'allusion à ce conseil, il est vraisemblable d'admettre qu'il a été donné de vive voix.

4. Plus tard seulement, irrité par les reproches injustes d'Appius, il se laissa emporter à lui écrire : « Croyez-vous donc qu'on ne m'ait « jamais rien dit sur votre compte? pas même qu'après m'avoir demandé « de venir à Laodicée, vous avez passé le Taurus? et que les mêmes jours « où je tenais mes assises à Apamée, à Synnade, à Philomelium, vous « teniez les vôtres à Tarse? » (*Ad fam.*, III, 8, 6).

à venger. On le verra saisir rageusement les premiers motifs de querelle et récriminer au point d'impatienter Cicéron. Les nouveaux incidents réveillant le souvenir des anciens, nous assisterons à un échange de lettres où leur amitié, encore mal assurée, fut mise à une rude épreuve.

CHAPITRE III

APRÈS L'ENTREVUE D'ICONIUM

L'ÈRE DES DIFFICULTÉS

(2 septembre 51 - 20 février 50 env.)

Cicéron quitta Iconium probablement le 2 septembre au soir. Le 3, il avait rejoint ses troupes, qui étaient demeurées dans leur camp depuis le soir du 1er septembre. C'est là qu'une seconde ambassade du roi de Commagène vint lui donner de nouvelles précisions sur les mouvements des Parthes[1]. Il s'achemina vers la Cappadoce, avec son armée renforcée de deux cohortes, que lui avait amenées Appius.

Il alla lentement. Le 18 septembre[2], il était sur la frontière de la Lycaonie et de la Cappadoce, c'est-à-dire à environ 150 kilomètres d'Iconium[3]. Après s'être arrêté

1. *Ad fam.*, XV, 3, 1.
2. *Ibid.*, 1, 2.
3. Cette lenteur est vraiment surprenante. L'étape normale d'une armée romaine en marche était d'environ 25 kilomètres par jour; Cicéron ne mit que onze jours — treize au plus — pour parcourir les 225 kilomètres qui séparent Cybistra de Tarse, et il avait à franchir le Taurus. On peut supposer qu'en allant d'Iconium à Cybistra, Cicéron se détourna de sa route pour faire une promenade militaire dans le pays des Isaures, peuple de montagnards turbulents; cette hypothèse peut s'autoriser du texte suivant : *Ad fam.*, XV, 2, 1 : *iter mihi faciendum per Lycaoniam et per Isauros et per Cappadociam arbitratus sum.* Cette phrase semble indiquer que Cicéron s'est détourné de la route normale pour traverser le pays des Isaures, car la route d'Iconium à Cybistra confine à ce pays, mais ne le traverse point.

cinq jours à Cybistra, en Cappadoce, il en partit le 24 septembre[1], et le 5 octobre il se trouvait à Tarse[2]. Il quitta cette ville le 7[3], pour camper le lendemain à Mopsuhestia, sur les bords du fleuve Pyrame.

C'est de là que Cicéron écrivit la lettre *ad fam.*, III, 8. Il venait de recevoir d'Appius une lettre où se mêlaient les témoignages d'amitié et les reproches. Appius lui disait ce qu'il savait de Rome, l'assurait qu'il ne négligerait point les commissions qu'il avait reçues de lui, et lui demandait des nouvelles de ses opérations militaires[4]. Mais aussi il se plaignait très abondamment de certaines mesures administratives prises par Cicéron, et en particulier des obstacles qu'il avait mis au départ de délégations qui devaient aller à Rome pour le louer. En somme, c'était un singulier mélange d'amabilité et de mauvaise humeur[5]. Cicéron déclare qu'il va répondre à ses longues plaintes en peu de mots[6]. De fait, sa réponse a plus de six pages[7]. C'est qu'il sentait la nécessité de détruire dans l'esprit d'Appius l'effet des méchants propos que celui-ci avait entendus au cours de son voyage. Déjà, on s'en souvient, tandis que Cicéron se dirigeait vers la province, des gens mal intentionnés l'avaient desservi auprès de celui qu'il venait remplacer[8]. Mais, maintenant que Cicéron avait commencé à gouverner, les flatteurs et les mécontents avaient la partie belle : « Votre successeur, lui disait-on, a pris le contre-pied de tout ce que vous avez fait;

1. Schmidt, p. 81, n° 10; L. W. Hunter, *Journal of roman studies* III (1913), p. 90 sq., propose la date du 22.
2. *Ad Att.*, V, 20, 3.
3. *Ad fam.*, III, 8, 10.
4. *Ibid.*, 8, 9 et 10.
5. Cf. *Ad Att.*, VI, 1, 2 : (*Appius*) *modo succenset, modo gratias agit.*
6. *Ad fam.*, III, 8, 1 : *Cum tu tam multis verbis ad me de improborum oratione scripsisses, faciendum mihi putaui ut tuis litteris breui responderem.*
7. Ed. Tyrrel.
8. *Ad fam.*, III, 5, 2; voir plus haut, p. 62 et n. 1.

il n'a pas caché qu'il voulait gouverner d'une façon très différente de la vôtre, et ne s'est pas gêné pour déclarer qu'il jugeait vos procédés détestables[1]. Il se fait valoir à vos dépens[2]. Et c'est à vous que ce paysan d'Arpinum prétend faire la leçon! » Ainsi devaient parler tous les marchands, accapareurs, courtiers ou usuriers dont la cupidité n'avait point trouvé son compte au changement de régime.

A eux se joignaient quelques riches provinciaux dont la cupidité ne se faisait pas scrupule d'exploiter leurs concitoyens : courtisans assidus des gouverneurs complaisants, ils les payaient en louanges hyperboliques qu'ils allaient porter jusqu'à Rome; l'ambassade leur était un nouveau prétexte à impôts vexatoires dont le produit ne leur était pas indifférent. Cicéron, dans l'édit qu'il avait publié à son entrée dans la province, avait défendu que les délégations de ce genre partissent sans son autorisation expresse. Ceux pour qui leur départ était à la fois une source de bénéfices et un moyen de flatter Appius représentèrent à l'ancien gouverneur qu'il était directement visé par cette clause de l'édit. D'ailleurs, à deux reprises, on s'était bien aperçu que Cicéron lui en voulait : l'attitude qu'il avait eue dans certains banquets et en présidant le tribunal de Synnade ne laissait aucun doute à cet égard[3]. Bref, on avait présenté à Appius, pendant les quelques jours qu'il avait mis à traverser la province, tout un tissu d'insinuations, de médisances et de petites calomnies. On savait bien à qui l'on s'adressait, et à quel point il était orgueilleux et jaloux. L'effet ne se fit pas attendre : dans la lettre qu'il écrivit à

1. Peut-être, en effet, était-il échappé à Cicéron quelques paroles imprudentes. Cf. plus haut, p. 66.

2. Cf. *Ad Att.*, VI, 1, 2 : *Haec non nulli amici Appii ridicule interpretantur, qui me idcirco putent bene audire velle, ut ille male audiat, et recte facere non meae laudis, sed illius contumeliae causa.*

3. *Ad fam.*, III, 8, 2. Il n'est pas spécifié dans ce passage que le tribunal en question fût celui de Synnade. Mais la suite (3 : *idque me arbitror Synnadis pro tribunali multis uerbis disputauisse*) nous permet de le supposer très vraisemblablement.

Cicéron, il ne négligea rien de ce qu'on lui avait rapporté : cœur violent, esprit étroit, il avait le reproche à la fois dur et minutieux[1].

Cicéron se justifie sur l'affaire des délégations, qui était le fond de la querelle : il le fait en détail; c'est un avocat habile plaidant contre un accusateur vétilleux. Parfois, il abandonne la discussion des faits et la preuve, pour reprocher à Appius d'avoir prêté aux discours malveillants une oreille trop facile : il lui rappelle les devoirs d'un véritable ami : « Ils argumentaient, je disputais contre eux; ils affirmaient, je niais ». Lui, au contraire, a accueilli tous les bruits, a fait siennes toutes les accusations. « Si les discours « que vous prêtez aux autres, lui écrit Cicéron, ne sont que « votre propre pensée, vous êtes bien coupable ; si l'on vous « tient vraiment ces discours, vous n'êtes pas tout à fait inno- « cent de les écouter ». Si bien disposé, si patient que soit Cicéron, il sait parler franc : la conscience de son bon droit lui permet d'être également doux et ferme. Plus loin, il se laisse aller à l'ironie. Voulant marquer nettement à Appius la différence qui sépare leurs conceptions en matière de gouvernement provincial, il le fait sur un ton inimitable, où le badinage est à la fois très plaisant et un peu cruel : « Votre « libéralité, comme il était naturel chez un homme de votre « rang, s'est ouverte largement sur la province : moi, je « suis plus avare (encore que des conjonctures fâcheuses « vous aient fait, dans cette dernière année, retrancher « quelque chose de votre largesse et de votre bienfaisance « naturelles); mais on ne doit point s'étonner qu'ayant tou- « jours été, par nature, quelque peu avare de ce qui n'est « pas à moi, et n'étant point indifférent au malheur qui « accable les autres, je me prête moins aux goûts d'autrui, « pour consulter un peu les miens »[2].

1. Pour le contenu de cette lettre d'Appius, voir Appendice I, lettre IV.
2. *Ad fam.*, III, 8, 8.

On ne saurait trop admirer cette lettre de Cicéron, où la dignité s'allie si heureusement à la souplesse. Il entre d'abord dans le détail des faits allégués, et discute pied à pied ; puis, il élargit le débat : d'un côté il rappelle à Appius qu'un cœur loyal doit être au-dessus de la médisance ; de l'autre, il revendique fièrement sa liberté, et donne à entendre que, s'il est soucieux de ménager son prédécesseur, il n'est pas moins jaloux de gouverner à sa guise.

Pendant quatre mois, Cicéron n'eut plus de nouvelles d'Appius. Son expédition militaire s'acheva heureusement. Les Parthes avaient abandonné les frontières de la Cappadoce, ils étaient entrés en Syrie, et menaçaient d'envahir la Cilicie de ce côté. Mais Cassius les défit sous les murs d'Antioche, et Bibulus vint prendre le commandement des troupes de Syrie[1]. Alors Cicéron entreprit de châtier les tribus turbulentes qui peuplaient le mont Amanus. Il les défit complètement le 13 octobre, et fut proclamé *imperator*[2] ; puis, il alla attaquer la principale ville forte des rebelles, Pindenissus : le 17 décembre, il s'en empara, après cinquante-sept jours de siège[3]. La campagne était finie. Il rentra à Tarse, puis à Laodicée, où il arriva le 11 février.

C'est peu après cette date qu'il écrivit à Ap. Claudius la lettre *ad fam.*, III, 7. Elle marque le point de tension extrême de leurs relations.

Les *Appiani*, petit peuple de Phrygie, dépendant du district de Synnade, avaient demandé à Cicéron de leur laisser construire un certain édifice public dont nous ignorons la destination[4] ; il fallait, naturellement, pour couvrir

1. Cf. *Ad Att.*, V, 20, 3 ; *Ad fam.*, XV, 4, 7.
2. *Ad Att.*, V, 20, 2 ; *Ad fam.*, XV, 4, 8.
3. *Ad Att.*, V, 20, 1 ; *Ad fam.*, XV, 4, 10.
4. Peut-être était-ce un monument à la gloire d'Appius ? Münzer, dans Pauly-Wissowa, III, col. 2852, est de cet avis. Mais nous n'en avons point la preuve certaine. Le nom de ce peuple, *Appiani*, et l'intérêt qu'Appius leur porte, nous a amené à nous demander s'ils n'avaient pas pris leur nom de l'ex-gouverneur : voir Appendice III.

les frais de cette construction, lever de nouveaux impôts. Cicéron leur avait dit de ne rien entreprendre avant qu'il ne connût l'affaire. Alors les *Appiani* s'étaient plaints à Appius du mauvais vouloir de son successeur et Appius leur avait remis à l'adresse de Cicéron une lettre, plus qu'une lettre, un « volume », « plein des récriminations les plus injustes »[1]. Appius rééditait ce qu'il avait dit à propos des délégations : ajourner, c'était empêcher ; les *Appiani* ne pouvaient pas poursuivre Cicéron au delà du Taurus, et quand le proconsul serait revenu en Phrygie, la saison serait trop avancée pour qu'ils puissent commencer à bâtir. En conséquence, Appius demandait à Cicéron de leur accorder l'autorisation tout de suite. Cicéron n'y fit pas de difficulté. Mais il ne manqua pas de faire savoir à Appius que c'était pour lui être agréable, car la dépense ne s'imposait pas, et la majorité des *Appiani* tenait avant tout à ne pas succomber sous l'impôt. C'était, du reste, faire beaucoup de bruit pour peu de chose : les *Appiani* auraient bien pu venir le trouver, même au delà du Taurus ; car était-ce à lui à aller chez eux faire une enquête, ou bien à eux à venir devant le proconsul plaider leur cause? Au lieu de cela, ils se faisaient recommander par Appius : et la lettre qui demandait qu'on leur laissât commencer les travaux avant la mauvaise saison, c'était en plein hiver qu'ils l'apportaient.

Cette affaire, qui paraît avoir été purement administrative (si toutefois il n'y avait entre Appius et les *Appiani* que le lien d'une homonymie accidentelle)[2], cette affaire ne pouvait diviser sérieusement Cicéron et son prédécesseur. Tout autre est l'importance que prirent les propos tenus par Appius à l'affranchi Pausanias, et rapportés par celui-ci à Cicéron. Appius s'était plaint que son successeur n'était pas venu au-devant de lui, dans la soirée du 1er septembre. Et

1. *Ad fam.*, III, 7, 2.
1. Voir Appendice III.

il avait ajouté cette parole qui blessa profondément Cicéron : « Quoi ! Appius est venu au-devant de Lentulus, Lentulus « au-devant d'Ampius, et un Cicéron ne l'a pas voulu faire « pour Appius ? » C'était reprocher durement à Cicéron sa qualité d'homme nouveau dont il était si justement fier. Pendant plus de six mois, il avait opposé à la mauvaise volonté d'Appius, à son aigreur, à ses colères mêmes, une douceur et une patience admirables ; mais, cette fois, il se redressa : froissé dans ses sentiments les plus intimes, il sut dire les mots qu'il fallait. Le frémissement de l'orgueil en révolte donne à sa réponse un bel accent de dignité : « De « grâce, écrit-il, en êtes-vous encore là ? Un homme à « qui je sais beaucoup de bon sens, une culture très pous- « sée, un grand usage du monde, et, j'ajoute, de l'urba- « nité (qui est, au juste jugement des Stoïciens, une vertu), « un homme comme vous pense-t-il que je fasse plus de cas « de la misérable grandeur des noms que de la grandeur « des mérites ? Avant même que j'eusse atteint au rang qui « est, dans l'opinion des hommes, le rang suprême, je n'ai « jamais eu d'admiration pour vos grands noms : les « hommes qui vous les avaient transmis, voilà ceux que je « trouvais grands. Puis, quand j'eus obtenu et exercé les « plus hautes charges, et que je pus penser qu'il ne man- « quait plus rien à ma dignité ni à ma gloire, sans jamais « me croire supérieur à vous, je me suis flatté d'être devenu « votre égal »[1]. Et il conseille à Appius d'étudier dans les livres du philosophe stoïcien Athénodore ce qu'il faut entendre par la vraie noblesse.

Il termine sa lettre en laissant entendre à son correspondant qu'il est excédé de ses tracasseries : s'il veut, en accusant Cicéron, se dispenser de lui rendre le bien qu'il a reçu de lui, ce sont précautions inutiles : d'autres amis prendront soin de ses intérêts ; s'il ne faut voir dans l'attitude d'Appius

1. *Ad fam.*, III, 7, 5.

que l'effet d'une humeur querelleuse, Cicéron continuera à le servir avec zèle, mais s'inquiètera moins de la façon dont il accueillera ses services.

La lettre remise par les *Appiani* à Cicéron leur avait été donnée par Appius avant son départ d'Asie. C'est en Asie aussi qu'il s'était plaint à Pausanias de n'avoir pas reçu de Cicéron les honneurs auxquels il prétendait. Ce qu'il avait entendu dire lors de son passage à travers la province, et en particulier à travers certains districts de la Phrygie, l'avait fortement indisposé contre son successeur : sa jalousie avait été rallumée, son orgueil irrité, sa méfiance éveillée, et les insinuations de la médisance avaient ravivé en lui ses souvenirs et ses rancunes. Mais le séjour de Rome le calma vite : dès le début du mois de décembre[1], il écrivit à Cicéron une « lettre pleine de douceur, de politesse, d'empressement, digne enfin de lui »[2]. Or, deux mois après, Cicéron, n'ayant pas encore reçu cette lettre, était, nous l'avons vu, plus fâché contre lui qu'il ne l'avait encore été depuis la réconciliation de 54. Cela s'explique si l'on songe qu'ayant passé tout l'automne dans la Cilicie proprement dite, Cicéron ne connut les plaintes d'Appius en faveur des *Appiani*, et à propos des incidents d'Iconium, que quatre mois après qu'il les eut faites : si bien qu'il répondit à ces plaintes quelques jours avant de recevoir de leur auteur une lettre fort aimable. Cette lettre d'Appius, reçue aux environs du 20 février[3], clôt l'ère des malentendus. Désormais, nous ne verrons plus aucun nuage planer sur l'amitié des deux hommes, et même ils sauront rester d'accord dans des circonstances délicates.

Comment s'explique cet heureux changement d'attitude de la part d'Ap. Claudius? Peut-être la réponse à la fois si

1. Voir Appendice I, lettre VI.
2. *Ad fam.*, III, 9, 1.
3. Voir Appendice I, lettre VI.

habile et si ferme que Cicéron avait faite à ses premières observations[1] avait-elle provoqué chez lui des réflexions salutaires. Mais, surtout, il était éloigné des lieux qui pouvaient offrir matière à sa jalousie, et des personnes qui pouvaient l'entretenir par leurs propos; il trouvait à Rome toute une société de gens qui étaient les amis de Cicéron en même temps que les siens : on lui disait quel avait été le dévouement de Cicéron à ses intérêts pendant qu'il était absent de Rome[2]. En même temps, Pompée, le beau-père de sa fille, dut lui représenter qu'il tenait absolument, à la veille d'événements graves, à ce que rien ne troublât l'accord des principaux chefs du parti. Enfin, il avait peut-être appris, en arrivant à Rome, que Dolabella se proposait de lui demander compte de son gouvernement devant les juges, et il sentait la nécessité d'avoir, le cas échéant, un allié dans le proconsul qui lui avait succédé[3].

Pour toutes ces raisons, Appius sembla retrouver, en respirant l'air de la ville, l' « urbanité » qu'il avait un moment perdue[4]. Avant de recevoir sa lettre, Cicéron se doutait déjà que ses dispositions étaient changées : Atticus, en Epire, avait appris la chose par une lettre de Brutus, qu'il s'était empressé d'envoyer à Cicéron[5]. Celui-ci d'ailleurs, avait prévu pareil changement : dès le 8 octobre, il écrivait à Appius : « Je pense que vous serez devant Rome quand « ma lettre vous parviendra, et que sera bien refroidi le

1. Voir plus haut, p. 85.
2. Voir plus haut, p. 50 et n. 1.
3. On pourrait alléguer contre notre hypothèse qu'Appius écrit à Cicéron (cf. *Ad fam.*, III, 9, 2,) qu'il est sûr d'obtenir le triomphe. Mais, si notre hypothèse est juste, il est évident qu'Appius devait se garder de laisser voir à Cicéron que son amabilité n'était pas désintéressée, et, pour cela, il pouvait aller jusqu'à affecter une confiance qu'il était loin d'avoir.
4. *Ad fam.*, III, 9, 1 : *Aspectus uidelicet urbis tibi tuam pristinam urbanitatem reddidit.*
5. *Ad Att.*, VI, 1, 2.

« souvenir des vains propos qui vous ont été tenus par les « gens de la province »[1]. C'est qu'il comprenait parfaitement quelle était la raison véritable de l'attitude d'Appius : une irritation qui n'avait sa vraie cause dans aucun fait précis, une jalousie qu'entretenait la vue de la province gouvernée par un autre et selon d'autres méthodes; l'air du dehors dissiperait peu à peu cette mauvaise humeur.

Un médecin est naturellement irrité contre le confrère à qui l'on confie un de ses malades, et qui le traite autrement qu'il n'a fait lui-même[2]. Pareillement, Appius sentait dans la conduite de Cicéron comme un désaveu public de la sienne. L'affaire des délégations lui offrait un prétexte à accuser Cicéron d'hostilité : il s'en empara, et s'y tint si ferme, qu'au moment même où leurs relations étaient devenues très amicales, il obligea Cicéron à se justifier de nouveau. Cicéron sut calmer Appius sans renoncer à vouloir gouverner mieux que lui. Jamais il n'abandonna le dessein de panser les blessures qu'Appius avait faites. Le 20 février 50, il écrivait à Atticus : « Il paraît qu'Appius me rend grâces « à présent : je n'en suis pas fâché. Mais cela n'empêche « point que je ne médite, aujourd'hui même, l'abolition « de certaines choses qu'il a décrétées ou faites contre la « justice »[3]. Sans doute, il lui fit des concessions : il laissa les villes libres de consacrer à l'envoi des délégations la somme qu'elles voudraient[4]; il laissa les *Appiani* lever de nouveaux impôts pour bâtir leur édifice[4]. Mais, dans l'un et l'autre cas, il maintint l'obligation pour les villes de ne lever aucune taxe sans son aveu : en sorte que, s'il interpréta largement les règles qu'il avait fixées dans son édit, on peut dire néanmoins qu'il n'y fit pas de déro-

1. *Ad fam.*, III, 8, 1.
2. Cf. *Ad Att.*, VI, 1, 2.
3. *Ibid.*, *l. c.*
4. *Ad fam.*, III, 10, 2.

gation[1]. Bref, il sut, dans cette occasion, allier la fermeté à la patience.

1. De la même façon, les instances de Brutus et ses récriminations ne le firent point manquer aux promesses de son édit : Scaptius, l'homme d'affaires de Brutus, ne put obtenir le commandement d'une troupe de cavaliers, parce que Cicéron avait décidé que la charge de préfet était incompatible avec des occupations commerciales ou financières. Le même homme dut se résigner à n'avoir des Salaminiens, dont Brutus était le créancier, qu'un intérêt de 1 % par mois, — c'était le taux qu'avait fixé Cicéron dans son édit — au lieu de 4 % qu'il réclamait (cf. *Ad Att.*, V, 21, 10; VI, 1, 5 sq.; 2, 8 et 9; 3, 5). Nous ne trouvons pas la trace d'une intervention quelconque d'Appius à ce propos. Pourtant, il était le beau-père de Brutus, et, pendant son proconsulat, il lui avait prêté son appui pour cette affaire. Scaptius, avec une troupe de cavaliers qu'Appius lui avait confiée, avait assiégé le Sénat de Salamine, et cinq sénateurs étaient morts de faim. Ce souvenir devait être désagréable à Appius, sans compter qu'il eût été dangereux pour lui de le réveiller. D'autre part, ce souvenir d'un acte injuste était tout ce qui l'intéressait personnellement dans l'affaire de Salamine : il n'aurait pas pu écrire à Cicéron pour se plaindre, mais seulement pour lui recommander Brutus. Or, celui-ci était assez lié avec Cicéron pour lui faire savoir directement ce qu'il souhaitait. Bien mieux, loin que Brutus ait pu se recommander auprès de Cicéron des liens de parenté qui l'unissaient à Ap. Claudius. c'est lui qui servit à maintenir l'amitié de nos deux personnages (cf. *Ad fam.*, III, 4, 2; 10, 2; *Ad Att.*, VI, 3, 5 et 7). Le silence d'Ap. Claudius dans l'affaire de Salamine s'explique donc très naturellement.

CHAPITRE IV

LES PROCÈS D'AP. CLAUDIUS ET LE MARIAGE DE TULLIA (février-août 50).

LA CENSURE D'AP. CLAUDIUS (50). SA MORT (48)

La lettre d'Appius que Cicéron reçut aux environs du 20 février 50 lui causa le plus grand plaisir. Il ne le dissimule point dans sa réponse : « Enfin, je viens de lire une lettre digne de vous ! »[1].

Appius se demande s'il pourra jamais faire pour Cicéron autant qu'il a fait pour lui : « Il n'est rien, lui répond Cicé-« ron, où l'on n'arrive quand on est zélé pour quelqu'un, « quand on lui veut du bien, disons mieux, quand on l'aime ». — Appius a écrit à Cicéron qu'il espérait bientôt triompher : Cicéron lui demande de lui faire savoir au plus tôt la bonne nouvelle. — Signe d'un renouveau de leur amitié, on voit reparaître le *Liber auguralis* que, deux années auparavant, Appius avait dédié à Cicéron comme gage de son estime ; il n'avait pas été achevé, et Cicéron en réclame la seconde partie. Quant au livre qu'Appius lui demande en retour, il l'écrira, mais quand il sera de loisir : car il ne veut lui dédier qu'un ouvrage où il aura mis tous ses soins[2].

1. *Ad fam.*, III, 9, 1.

2. Corradi, *Quaestura*, p. 265, prétend que Cicéron, pendant son séjour en Cilicie, écrivit des *Libri augurales* qu'il dédia à Appius en retour des siens. Drumann, *G. R.*, VI[1], p. 352 et 353, fait justement remarquer que cette affirmation est arbitraire : rien, dans les lettres de Cicéron à Appius, ne la justifie.

Cicéron termine sa lettre en recommandant à Ap. Claudius de faire en sorte qu'on lui décerne le plus tôt possible, et dans les conditions les plus flatteuses, l'honneur des supplications.

On voit, à ce cordial échange de vœux, de compliments et de promesses, tout ce que Cicéron pouvait désormais attendre d'une amitié qu'il avait gardée avec tant de peine. Mais voici qu'au lieu d'apprendre, comme il le souhaitait, le triomphe d'Ap. Claudius, il apprit que celui-ci était accusé *de maiestate* par P. Cornelius Dolabella. La nouvelle lui en parvint comme il venait à peine d'écrire à Appius[1]. Elle dut le contrarier vivement. Depuis près d'un an[2], il songeait à faire de Dolabella son gendre : l'ardeur accusatrice de ce jeune homme le mettait soudain dans le plus grand embarras. Au moment où il venait d'échanger avec Ap. Claudius des lettres pleines d'amitié, où leurs rapports redevenaient ce qu'ils n'avaient pas été depuis deux ans et plus, il se trouvait dans la cruelle alternative de renoncer à l'alliance qu'il avait presque résolue ou de se fâcher encore une fois avec Appius.

P. Cornelius Dolabella avait alors 19 ans[3]. Il fit ce que faisaient tant de jeunes gens de bonne famille qui voulaient entrer avec quelque bruit dans la politique, ce qu'avait fait Ap. Claudius en accusant Terentius Varro ou M. Caelius Rufus en accusant Antoine[4] : citer devant les tribunaux un grand

1. Voir Appendice IV.

2. En partant pour la Cilicie, il avait vivement recommandé à ses amis, en particulier à Atticus (cf. *Ad Att.*, V, 4, 1) et à Caelius (cf. *Ad fam.*, VIII, 6, 2), de s'occuper des fiançailles de Tullia. En rapprochant *Ad Att.*, V, 4, 1, V, 21, 14 et VI, 1, 10, on se rend compte que dès ce moment il pensait à Dolabella comme mari de sa fille. — Deux prétendants étaient en présence : Cornelius Dolabella, présenté par Pontidia, et Servius Sulpicius, recommandé par sa mère Postumia et par Servilia, la sœur de Caton. Cicéron, sans être enthousiaste pour Dolabella, le préférait cependant à Sulpicius.

3. Cf. Appian., II, 129 Appien dit que Dolabella avait 25 ans lorsqu'il fut *consul suffectus* en 44.

4. Voir plus haut, p. 1 et 2.

personnage. Pourquoi choisit-il Ap. Claudius? Il est très probable qu'il crut, en agissant ainsi, se faire bien voir de celui qui devait être son beau-père. Une lettre d'Atticus, reçue par Cicéron le 19 février 50[1], et par conséquent écrite au début de janvier, montre que la famille et les amis de Cicéron songeaient de plus en plus à Dolabella comme mari de Tullia[2]. Or, c'est au même moment que Dolabella accusa Appius[3]. Il pensait, en effet, ce que tout le monde pensait à Rome : que la réconciliation de Cicéron et d'Appius n'avait pas été bien franche[4]. On se rappelait les efforts d'Appius pour empêcher le rappel de Cicéron, les paroles violentes prononcées par celui-ci après son retour; la réconciliation de 54 avait produit l'effet d'un geste officiel et froid, et on avait hésité à prendre au sérieux les déclarations publiques d'amitié que Cicéron avait faites[5]; son attitude dans le procès de Milon avait donné une force nouvelle à cette idée, qu'il ne pouvait être l'ami sincère d'un membre de la gens Claudia; là-dessus, des nouvelles venues de Cilicie avaient représenté Cicéron et Ap. Claudius comme de nouveau brouillés, et cela n'avait étonné personne.

Une lettre que Caelius adressa à Cicéron à propos du procès d'Appius nous montre quelle idée on se faisait, au mois de février de l'année 50, des rapports entre nos deux personnages[6]. Caelius se croit obligé d'insister beaucoup en faveur d'Appius : il craint que Cicéron ne veuille rien faire; pourtant, il y est tenu : il serait plus libre s'il n'avait pas été fâché avec Appius; mais en raison de cette inimitié même, il ne peut rester inactif sans laisser croire qu'il n'ont pas été sincères dans leur réconciliation. Au contraire, qu'il fasse

1. Cf. *Ad Att.*, VI, 1, 1.
2. *Ibid.*, 1, 10.
3. Voir Appendice IV.
4. *Ad fam.*, VIII, 6, 1 : *Ne parum simpliciter et candide posuisse inimicitias uidearis.*
5. Voir plus haut, p. 42.
6. *Ad fam.*, VIII, 6.

en faveur d'Appius autant qu'il lui plaira : jamais on n'aura l'idée de prétendre qu'il a sacrifié l'équité à l'affection. Il fallut que Cicéron, dans sa réponse, représentât à Caelius qu'il était l'ami, et très sincère, d'Appius : mutuels services, amitiés communes, fonctions identiques, goûts pareils, inclination, intérêt, il lui donna les mêmes raisons qu'il avait fournies plus d'une fois à Appius lui-même[1]. Il ajoutait que si Caelius avait entendu dire que les deux proconsuls avaient eu des difficultés en Cilicie, il devait faire bon marché de ces bruits[2].

On ne se doutait pas, à Rome, du soin que Cicéron avait apporté à conserver l'amitié d'Appius ; on ignorait qu'ils venaient d'oublier leur récente querelle. Comme le monde est très empressé, par goût de l'intrigue et par malveillance, à accueillir la nouvelle d'une brouille entre deux grands personnages, par malveillance encore et par instinct dramatique, assez porté à faire d'une brouille légère une grave inimitié, le bruit avait dû courir bien vite que Cicéron et Ap. Claudius, ces ennemis de toujours, qui avaient voulu un moment tromper le public par les apparences d'une amitié affectée, avaient enfin jeté le masque : et les nouvellistes se donnaient carrière, et tous ceux qui voulaient plaire à l'un ou l'autre des deux hommes s'apprêtaient à exploiter leur inimitié.

Dolabella s'imagina donc qu'il avait là une excellente occasion de témoigner son dévouement à celui dont il voulait être le gendre : il aurait, en outre, l'avantage de pouvoir signaler ses mérites d'orateur dans un procès retentissant. Et il partit en guerre avec toute la témérité d'un homme jeune et violent. Comme pour bien marquer qu'il agissait en futur gendre de Cicéron, entre la *postulatio* et la *delatio*

1. On sent, que l'esprit de Cicéron est encore occupé par le souvenir de la lettre qu'il vient d'écrire à Appius, et il donne à Caelius comme un résumé des arguments qu'il y a développés.

2. *Ad fam.*, II, 13, 2.

nominis[1], il divorça[2] : il était prêt maintenant à recevoir la récompense de son zèle.

Quel était le motif de l'accusation *de maiestate* intentée par Dolabella à Ap. Claudius ? On a répété après Zumpt qu'il lui reprochait d'avoir fait des expéditions militaires en Cilicie et de demander le triomphe sans avoir été investi de l'*imperium* par loi curiate[3]. Mais nous avons vu qu'Appius avait très probablement obtenu la *lex curiata de imperio* avant de partir pour la Cilicie[4]. Drumann a supposé que le grief invoqué était d'avoir emmené ses troupes hors des limites de sa province[5] : c'est une hypothèse gratuite. A notre sens, le motif de l'accusation devait être le retard mis par Appius à quitter sa province. On se souvient en effet qu'Ap. Claudius rencontra Cicéron à Iconium quand avait expiré le délai de trente jours que lui accordait la loi Cornelia pour quitter la Cilicie ; et après cette entrevue, il lui fallut encore une quinzaine de jours pour gagner la frontière de la province[6] ; il ne se gêna pas, d'ailleurs, pour revoir en passant ses amis et recueillir les doléances de ceux qui n'étaient pas contents de Cicéron.

Il se peut qu'à ce grief Dolabella en ait ajouté un autre : celui de n'avoir pas remis assez vite à son successeur le commandement militaire. On se rappelle qu'Appius conserva jusqu'au 1er septembre trois cohortes que lui réclamait en vain Cicéron. Le Digeste nous apprend que les gouverneurs qui restaient dans leur province au delà du délai légal et

1. La *postulatio* était un acte préliminaire de l'accusation : on demandait au préteur, président du tribunal, s'il consentait à ce qu'on déférât le nom de l'accusé. — La *delatio nominis* était le premier acte de l'accusation (cf. plus haut, p. 15, n. 2).

2. *Ad fam.*, VIII, 6, 1.

3. Zumpt, *Criminalrecht*, II, 1, p. 386. Cf. Tyrrel, III, p. 147, note, et Antoine, *Lettres de Caelius*, p. 103, note.

4. Voir plus haut, p. 46, note 1.

5. Drumann, *G. R.*, II², p. 167, n. 6.

6. La distance d'Iconium à la frontière était de plus de 500 kilomètres.

ceux qui refusaient de remettre le commandement de l'armée à leur successeur tombaient sous le coup d'une accusation *de maiestate*[1].

Appius, dès les premières démarches de Dolabella, était entré dans la ville, renonçant ainsi au triomphe ; Caelius dit que ce geste fit sur les esprits une excellente impression, mit un terme aux bavardages, et montra à Dolabella que l'accusé était plus prêt à se défendre qu'il ne l'avait espéré[2]. La manœuvre défensive d'Appius nous paraît confirmer notre hypothèse sur les griefs de l'accusateur : un gouverneur sortant de charge gardait de plein droit l'*imperium* jusqu'à son entrée dans Rome, s'il avait quitté la province dans les trente jours qui suivaient l'arrivée de son successeur ; mais Appius, étant resté en Cilicie au delà de ce terme, avait, de ce fait, perdu le pouvoir proconsulaire. Il ne pouvait plus, dans ces conditions, prétendre au triomphe : en le faisant, il provoquait les attaques ; il les déconcertait en y renonçant.

Malgré l'heureux effet produit par cette renonciation, les amis d'Appius s'alarmèrent : ils se tournèrent vers Cicéron, comme vers l'homme qui pouvait le plus pour l'accusé. Si, en effet, les griefs invoqués par Dolabella étaient ceux que nous avons supposés, on comprend que Caelius ait pu écrire au proconsul : « C'est en vous qu'il place son plus grand espoir. . Il vous appartient de l'obliger autant que vous le voudrez »[3]. Outre la lettre de recommandation de Caelius, Cicéron en reçut une de Pompée, très pressante et très aimable[4], et une autre de Brutus[5]. Pompée avait même

1. *Dig.*, 48, 4, 2.
2. *Ad fam.*, VIII, 6, 1.
3. *Ibid.*, *l. c.*
4. Cf. *Ad Att.*, VI, 2, 10 ; *Ad fam.*, III, 10, 10.
5. Cf. *Ad Att.*, VI, 3, 7. Cette lettre, bien qu'elle demandât un service, avait, comme toutes celles que Brutus écrivait à Cicéron à cette époque (cf. *Ad Att.*, VI, 1, 7), quelque chose d'arrogant.

songé un moment à envoyer un de ses deux fils auprès de Cicéron pour lui parler en faveur de l'accusé[1].

Cicéron reçut en outre deux lettres d'Ap. Claudius[2]. Par la première, très courte, il lui annonçait qu'il était l'objet d'une accusation *de maiestate*, et demandait son aide. Dans la seconde, il se plaignait que Dolabella se fût vanté qu'il allait épouser la fille de Cicéron. Il était naturel qu'un rapprochement s'établît dans l'esprit d'Appius entre ces fiançailles imminentes et la conduite de Dolabella à son égard. Il en avait conçu des doutes sur la sincérité de Cicéron, et il le lui faisait savoir. Cicéron répondit aux deux lettres en même temps. Il exprimait d'abord son indignation au sujet du procès que l'on intentait à Appius, et son ferme espoir d'une issue favorable. Sans doute Appius aura été privé par là d'un triomphe qui lui était dû : mais « s'il fait de cette « distinction le même cas que lui, Cicéron, a toujours pensé « qu'on en devait faire, il prendra le parti du sage, et c'est « sur le dépit de ses ennemis qu'il remportera, avec la vic- « toire, un triomphe éclatant »[3]. Il assurait Appius, peut-être pas très sincèrement, qu'il était plus disposé à rompre les liens d'amitié qui l'unissaient à Dolabella qu'à se lier à lui par de nouvelles attaches. Il en venait ensuite aux doutes qu'Appius avait manifestés au sujet de ses sentiments. Il avait dû être passablement irrité de voir la défiance réapparaître quand il y avait deux mois à peine que les reproches

1. *Ad fam.*, VIII, 6, 3.
2. Voir Appendice I, lettres VII et VIII.
3. Ces paroles sont belles, mais elles sont d'un homme qui pensait mieux qu'il n'agissait. On ne peut s'empêcher de se rappeler que Cicéron, quelques mois plus tard, au milieu du bruit de la guerre civile qui commençait, eut quelque mal à abandonner l'espoir du triomphe (cf. *Ad Att.*, VII, 3, 2; 7, 3). De même, Cicéron, en 54, donnait d'excellents conseils à Trebatius qui, attaché à César en qualité de jurisconsulte, trouvait le séjour de la Gaule fort ennuyeux (cf. *Ad fam.*, VII, 6, 1 : *Tu modo ineptias istas et desideria urbis et urbanitatis depone*, etc... ; *ibid.*, 17, 1). Mais, trois ans après, il regrettait Rome au moins aussi vivement que celui qu'il avait si bien prêché (cf. *Ad Att.*, V, 11, 1; 15, 1; 17, 3; *Ad fam.*, II, 12, 2).

et les justifications avaient cessé. Pourtant, il comprit que les circonstances pouvaient donner à Appius un semblant de raison, que dans tous les cas elles expliquaient sa conduite. Il entreprit donc de plaider encore une fois la cause de leur amitié.

Ses arguments, pour la plupart, nous les connaissons déjà, pour les avoir rencontrés dans les lettres antérieures[1]. Mais Cicéron les ordonne et les développe : on sent que c'est le dernier effort qu'il tente pour la paix. Il revient rapidement sur les faits, et seulement sur l'affaire des délégations : des *Appiani*, de l'incident du 1er septembre, il n'est point question. Il donne beaucoup plus d'importance à des arguments tirés de la vraisemblance. S'il est honnête homme, peut-on admettre qu'il ait trahi un ami? Et s'il est fourbe, il n'est point sot : pourquoi aurait-il taquiné Appius en telle sorte que, sans lui nuire le moins du monde, il se fût signalé aux yeux de tous comme un méchant homme[2]? — D'ailleurs, quelles raisons aurait eues Cicéron de haïr Appius? ne lui a-t-il pas rendu service plus d'une fois[3], prouvant ainsi son dévouement? Et compte-t-on pour rien l'intérêt qu'il a à posséder l'amitié d'un homme dont la naissance est illustre et la situation éminente[4]? Ne doit-il pas aller où son intérêt l'appelle, si on le suppose rusé? — Mais c'est la raison, et non point un bas calcul, qui lui commande d'aimer Appius. Tout les rapproche : leurs goûts communs, le charme qu'ils éprouvent à se voir, à causer, à vivre ensemble, enfin l'intimité de leurs relations d'écrivains[5]. Ce ne sont là que des liens privés : que dire de ce qui les unit aux yeux de tous? Cette réconciliation qui leur interdit le moindre écart sous

1. Voir surtout *Ad fam.*, III, 8 et 7.
2. *Ibid.*, 10, 7 et 8; cf. 8, 6.
3. *Ibid.*, 10, 8; cf. 4, 1.
4. C'est la première fois qu'apparaît l'argument de l'intérêt.
5. *Ad fam.*, III, 10, 9. — Cf., pour l'intimité de leurs relations d'écrivains, *ibid.*, 4, 1, *in fine*, et voir plus haut, p. 50 et 93.

peine d'être taxés de fausseté[1]; leur qualité de collègues dans l'augurat? — Enfin, dans la personne de Pompée, leur ami commun, s'unissent les raisons intimes et les raisons politiques qu'ils peuvent avoir d'être amis[2].

Cette lettre constitue, comme on le voit, un véritable plaidoyer. Elle ne veut être que cela. Car Cicéron se garde de faire à Appius aucun reproche : les lettres précédentes lui représentaient ce que sa méfiance avait de blessant et comme elle était peu conforme aux lois de l'amitié; ici, il déclare à deux reprises qu'il veut se justifier seulement : quand Appius est accusé à Rome, ce n'est pas l'heure de lui faire par correspondance un second procès. Cicéron, pourtant, ne résiste pas au plaisir de décocher, en finissant, un trait que l'esprit rend aimable : « J'espère, écrit-il, apprendre « incessamment que vous êtes censeur; c'est une magistra- « ture où il faut beaucoup d'énergie et un jugement très « sûr : aussi devez-vous y réfléchir avec plus de soin et « d'attention qu'aux services que je vous ai rendus ».

Quelle fut la nature des services que Cicéron rendit à Appius à l'occasion de son procès? C'est ce qu'il est impossible de savoir. La lettre *ad fam.*, III, 10, que nous venons d'étudier, en contenait le détail : mais le passage où ils étaient énumérés ne nous est point parvenu. On peut faire à ce sujet deux espèces d'hypothèses :

1° Les premiers éditeurs ont supprimé le passage, de peur qu'il ne donnât une idée défavorable de la complaisance de Cicéron.

2° Ces détails faisaient l'objet d'un mémoire à part, qui a été égaré, ou détruit par Appius[3].

1. Cette idée paraît avoir été suggérée à Cicéron par un passage de la lettre de Caelius qu'il venait de recevoir : *Ad fam.*, VIII, 6, 1, cité plus haut, p. 95, n. 4.

2. *Ad fam.*, III, 10, 10. — Cf., pour leur qualité de collègues dans l'augurat et leur amitié commune pour Pompée, *ibid.*, 4, 2.

3. Cette dernière hypothèse a été faite par Manutius. Elle nous paraît tout aussi vraisemblable que la première, bien que celle-ci ait été adop-

Dans tous les cas, l'absence de ce document nous autorise à supposer que Cicéron fit beaucoup pour Appius. Cicéron déclare dans une lettre à Atticus[1] qu'il travaille pour Appius avec beaucoup de zèle, mais sans passer les bornes de l'honnête : la question des limites permises de la complaisance s'était donc posée à lui.

Il semble, toutefois, que le zèle de Cicéron se soit exercé, pour une part, en vain, et que quelques-uns des témoins qu'il envoya à Rome n'y soient pas arrivés à temps. Nous savons, en effet, que le procès eut lieu au plus tard le 4 ou le 5 avril[2]. Or, c'est dans le courant du mois d'avril que Cicéron écrit à Appius : « Voici ce que j'ai fait et ce que je compte faire »[3]. C'est dans les premiers jours de mai qu'il écrit à Atticus : « Je fais en ce moment (*facimus*) pour Appius tout ce qui est honnêtement possible »[4].

Cicéron quitta Laodicée le 7 mai[5], se dirigeant vers la Cilicie. Il dut apprendre en chemin la nouvelle de l'acquittement d'Appius. Le 5 juin, il arrivait à Tarse[6] : comme on lui dit que les Parthes menaçaient la Syrie, que la Cilicie était désolée par des brigands, il partit en toute hâte du côté du mont Amanus. Il campait sur les bords du fleuve Pyrame, quand on lui remit à la fois deux lettres d'Appius[7].

tée par les éditeurs modernes (Orelli, Tyrrel, Müller) qui supposent une lacune après *cognosce* (*Ad fam.*, III, 10, 11).

1. *Ad Att.*, VI, 2, 10.

2. Appius informa Cicéron de son acquittement par une lettre datée du 5 avril (cf. *Ad fam.*, III, 11, 1). — Comme il est assez probable qu'Appius écrivit à Cicéron dès l'issue du procès, celui-ci ne doit pas avoir eu lieu avant les premiers jours d'avril. Pourtant Cicéron déclare dans sa réponse qu'il connaissait la nouvelle bien avant de recevoir la lettre d'Appius. C'est que le porteur de cette lettre fut évidemment retardé : elle ne parvint à Cicéron que vers les Ides de juin, et en même temps qu'une autre qui lui était postérieure.

3. *Ad fam.*, III, 10, 11.

4. *Ad Att.*, VI, 2, 10.

5. Cf. *Ad fam.*, II, 13, 3 ; *Ad Att.*, VI, 2, 6.

6. Cf. *Ad Att.*, VI, 4, 1.

7. Voir Appendice I, lettres IX et X.

Par la première, datée du 5 avril, il informait Cicéron qu'il avait été acquitté *de maiestate*. La seconde était postérieure, et ne portait point de date : elle donnait à Cicéron un tableau, d'ailleurs rassurant, de la situation politique. Cicéron dut être très heureux que le procès ait eu pareille issue : cela lui permettrait, avec un peu de patience et beaucoup d'habileté, de faire en sorte qu'Ap. Claudius voie sans chagrin le mariage de son accusateur avec la fille de Cicéron. Il est vrai que Dolabella ne se tenait pas pour battu, et accusait Appius *de ambitu*[1] : mais l'acquittement d'Appius était assuré, et cette nouvelle attaque ne pouvait que le servir[2].

La joie qu'éprouva Cicéron se traduisit en louanges et en manifestations affectueuses à l'adresse d'Ap. Claudius. Il lui écrit : « J'ai couvert votre lettre de baisers en me félicitant moi-même ». Et nous croyons Cicéron très volontiers : la pensée qu'il pourrait avoir Dolabella pour gendre sans se fâcher avec Appius put bien lui inspirer pareil enthousiasme. Mais il préfère donner une autre explication de sa joie : « C'est qu'en voyant le peuple entier, le Sénat, les juges « honorer le talent, l'activité, la vertu, comme, peut-être « par une illusion flatteuse, je m'attribue les mêmes qua- « lités, je m'imagine que ces honneurs sont adressés à moi « comme à vous »[3]. Cette idée ne fut certainement pas celle qui inspira à Cicéron le geste ému dont il se flatte : il ne pouvait se faire à ce point illusion sur la vertu d'un homme qui lui paraissait un monstre moins d'un an auparavant[4]. De même, quand il s'écrie avec l'accent de la plus sincère conviction : « Qui a jamais soupçonné la parfaite régularité de votre carrière politique ? », quand il déplore

1. Sans doute à propos de la candidature d'Appius à la censure (cf. *Ad fam.*, III, 11 : *M. Cicero Ap. Pulchro, ut spero, censori s. d.*).
2. *Ad fam.*, III, 11, 2.
3. *Ibid.*, *l. c.*
4. *Ad Att.*, V, 16, 2.

n'être pas à Rome pour défendre Appius contre les insensés qui mettent en doute son honnêteté de candidat, on ne peut s'empêcher de penser à ce qu'il avait dit quelques années auparavant sur l'accession d'Ap. Claudius à la préture[1], et l'on admire à quel haut degré cet avocat possédait la puissance d'illusion indispensable à son état. Cette lettre est décidément trop aimable : elle n'a pour elle que d'être un chef-d'œuvre de bonne grâce, où la vivacité enjouée du ton, la délicatesse de l'expression, l'adresse du compliment empêchent d'être choqué de ce que la flatterie a d'excessif.

Pourtant, la satisfaction que Cicéron exprime de voir tous les ordres de l'Etat honorer Ap. Claudius correspond à des préoccupations qu'il avait réellement à ce moment-là. Préoccupations à la fois morales et politiques. Il sentait que la guerre civile était à craindre : il croyait qu'on aurait des chances de l'éviter si l'on pouvait présenter à César le spectacle d'un peuple et d'un Sénat résolus à défendre la tradition républicaine dans un même sentiment de respect et d'amour. Il souhaitait voir Rome entière groupée autour d'une aristocratie véritable, où la naissance compterait moins que le talent et la vertu, composée de quelques hommes éprouvés, estimés de tous, dont Pompée serait le chef, et Cicéron l'orateur. Au milieu de la corruption générale, il sentait qu'on ne devait pas être trop difficile sur le choix de ces vertus exemplaires : Ap. Claudius, à défaut d'une honnêteté scrupuleuse, avait pour lui l'éclat du nom, le prestige d'une amitié puissante, l'autorité des plus hautes fonctions publiques : toute manifestation générale d'estime et de sympathie à l'adresse d'un tel homme devait apparaître à Cicéron comme une première réalisation de ses espérances.

Aussi, dès le mois d'avril, témoignait-il à Ap. Claudius sa satisfaction de voir que la cité était encore capable de témoigner son estime aux gens de bien : c'est la seule récom-

1, Voir plus haut, p. 13 et n. 4.

pense que, pour sa part, il ait jamais désiré comme prix de ses efforts[1]. Au mois de juin, il exprime sa joie dans les termes que nous avons vus; et, un peu plus loin, dans la même lettre, il reprend son idée sous une autre forme : c'est un spectacle réconfortant, au moment où le nombre des hommes de cœur est si faible, de voir l'unanimité des citoyens s'attacher fidèlement à ceux qui sont capables de les défendre[2]. Enfin, deux mois plus tard, nous le voyons encore préoccupé de la même idée : il s'étonne et se réjouit que l'envie se soit tue devant un homme comme Ap. Claudius, que sa puissance et son mérite exposaient plus qu'aucun autre[3].

Cicéron considérait donc dans Ap. Claudius un des chefs du parti conservateur, un de ceux qui devaient défendre la République menacée par l'ambition de César. C'est pourquoi il se plaît à représenter à Appius qu'ils appartiennent au même parti politique; dans une lettre postérieure, il lui dira même nettement : « Nos idées politiques sont pareilles »[4]. C'est pourquoi il est heureux de recevoir de lui des nouvelles sur l'état des affaires publiques[5]. Nous saisissons ici le lien entre les préoccupations politiques de Cicéron et son application à rendre aussi cordiaux que possible ses rapports avec Appius. Mais on a le droit de douter qu'une semblable application lui ait été inspirée uniquement par le souci désintéressé des destinées de la République. Il faut reconnaître qu'il y a dans ses préoccupations politiques une part d'ambition personnelle. Depuis qu'il était revenu d'exil, son rêve le plus cher était de reconquérir parmi les

1. *Ad fam.*, III, 10, 4.
2. *Ibid.*, 11, 3.
3. *Ibid.*, 12, 1.
4. *Ibid.*, 13, 2 : *Nam tibi me profiteor et in republica socium, de qua idem sentimus, et in cotidiana uita coniunctum, quam his artibus studiisque colimus.*
5. *Ibid.*, 11, 4.

hommes d'Etat de son époque la place que P. Clodius lui avait fait perdre. Il lui semblait que le moment était venu où son rêve allait se réaliser. Rentré à Rome, il demanderait et obtiendrait le triomphe; il animerait le parti des honnêtes gens à la défense de la République : César se soumettrait; et parmi les conservateurs victorieux, il serait, à côté de Pompée, au tout premier rang. C'était ce qu'il appelait sa « résurrection »[1].

Avec de tels projets, il lui importait au plus haut point d'avoir l'amitié d'un homme comme Ap. Claudius : il allait être censeur, c'est-à-dire exercer la plus haute magistrature de la République ; il portait un des noms les plus illustres de Rome; il était le beau-père du fils de Pompée. C'est pourquoi nous voyons Cicéron, pendant toute l'affaire de Dolabella, prodiguer à Appius les amabilités. Mais Ap. Claudius n'était pas seulement à ses yeux un moyen de réaliser son ambition politique : il désirait voir se développer entre eux une amitié véritable. Sans doute la vanité avait-elle plus de part à ce désir que l'affection : il lui plaisait que M. Tullius traitât d'égal à égal avec le chef de la gens Claudia, et qu'il y eût entre eux les mille agréments d'un commerce familier. Aussi aimait-il à se représenter aux yeux d'Appius comme semblable à lui. Besoin naturel de l'amitié. Mais ici plutôt illusion volontaire destinée à la faire naître et à l'entretenir entre eux par la satisfaction réciproque de leurs vanités. Cicéron prêtait à Appius son honnêteté, sa réputation de vertu[2] : il lui empruntait en échange un peu de son *importance*, il participait à l'éclat de sa fortune, de sa parenté et de ses amitiés. Cicéron traitait Appius en orateur et en écrivain : il s'intéressait à son ouvrage sur l'art augural, et aux discours qu'il prononçait[3]. En échange, il demandait à

1. *Ad Att.*, VI, 6, 4. Il emploie un mot grec : παλιγγενεσία.
2. Cf. *Ad fam.*, III, 10, 4 ; 11, 2 et 3.
3. *Ibid.*, 11, 4.

Appius d'admettre que ses propres talents d'orateur et d'écrivain l'avaient mis au rang où il était lui-même par les seuls droits de la naissance[1].

Se trouvant à l'égard d'Appius dans de semblables sentiments, Cicéron eût été singulièrement embarrassé s'il avait eu à prendre une décision au sujet de Dolabella et de sa fille. Les circonstances lui épargnèrent cet embarras. Appius fut acquitté *de ambitu* à l'unanimité des juges vers la fin du mois de mai ou au commencement de juin[2]. Presqu'aussitôt après, Tullia était fiancée à Dolabella. Ce jeune homme avait plu à Tullia et à Terentia par « son obligeance et sa bonté »[3]; d'ailleurs il était jeune, élégant, et portait un nom illustre. Cicéron leur avait dit, en partant pour la province, de prendre à ce sujet la décision qui leur paraîtrait la meilleure[4]. Dès qu'elles virent le second procès d'Appius terminé, et dans des conditions telles qu'il ne pouvait en

1. Il est amusant de voir comment, à la fin de la lettre *ad fam.*, III, 11, Cicéron déclare à Appius, sur un ton de badinage qui dissimule mal la fatuité du propos : « Si vous avez reçu une lettre qui est mal écrite, soyez sûr qu'elle n'est pas de moi » ; et comment aussitôt après il conseille : « Si vous êtes censeur, comme je l'espère, souvenez-vous de votre aïeul ». Ce n'est peut-être point par hasard que les mérites respectifs de nos deux personnages, talent et noblesse, se trouvent ainsi rapprochés.

2. *Ad fam.*, III, 12, 1. Il fut défendu par Brutus et par Hortensius ; celui-ci mourut peu de jours après. Cf. *Brutus*, LXIV, 230 ; XCIV, 324. Drumann se trompe quand il conclut de ces passages qu'Hortensius et Brutus défendirent Appius dans son procès *de maiestate*. Cicéron dit : *perpaucis ante mortem diebus* : or, le procès *de maiestate* eut lieu dans les premiers jours d'avril, et Hortensius mourut au mois de juin. Orelli se trompe également quand il s'imagine qu'il s'agit dans ces passages du *Brutus* d'un procès que Caelius aurait intenté à Ap. Claudius en vertu de la loi Scantinia (VII, 2, p. 152). Caelius entreprit d'accuser Appius, il le dit formellement (*Ad fam.*, VIII, 12, 3), à la fin des *ludi Circenses* qu'il donnait en qualité d'édile, c'est-à-dire vers le 20 sept. (*ludi Romani*). A ce moment, Hortensius était mort depuis plus de trois mois. Le procès n'eut d'ailleurs pas lieu (voir plus loin, p. 113).

3. *Ad Att.*, VI, 6, 1.

4. *Ad fam.*, III, 12, 2.

vouloir beaucoup à Dolabella, elles célébrèrent les fiançailles[1].

Cicéron apprit la chose le 3 août, par une lettre des siens[2]. Il venait de quitter la Cilicie par mer, après avoir achevé son année de gouvernement, et relâchait à Side[3]. Sans doute il fut heureux de voir tranchée par l'initiative de sa femme et de sa fille une question que bien difficilement il aurait pris sur lui de résoudre. Mais il dut regretter que leur décision se fût produite si tôt. Que penserait Ap. Claudius? Leurs relations ne seraient-elles pas refroidies du fait de cette alliance inopportune?

Le même jour, ou le lendemain, 4 août, Cicéron reçut d'Appius une lettre où il lui faisait part de son acquittement *de ambitu* et le félicitait sur le mariage de sa fille. Il faisait des vœux très affectueux pour le bonheur de Tullia[4]; mais il n'en avait pas moins dû se dire qu'on avait eu peu d'égards pour lui en célébrant les fiançailles dès l'issue de son procès; peut-être même, dans sa lettre, faisait-il amicalement quelque réflexion à ce sujet. Cicéron lui écrivit aussitôt pour

1. A très peu de jours de distance, à la fin du mois de mai ou au début de juin 50, se succédèrent le procès d'Appius *de ambitu*, les fiançailles de Tullia, la mort d'Hortensius. En effet : 1° Cicéron nous apprend dans le *Brutus* (*ll. cc.*) que le procès d'Appius et la mort d'Hortensius se suivirent de très près ; 2° Caelius, dans une même lettre (*Ad fam.*, VIII, 13), félicite Cicéron sur les fiançailles de Tullia et lui annonce qu'Hortensius est à l'agonie ; 3° Cicéron, dans une même lettre (*Ad fam.*, III, 12), félicite Appius de son acquittement *de ambitu* (1) et s'explique sur les fiançailles de Tullia (2 sq.). Les termes mêmes de cette lettre nous montrent qu'elle est une réponse à une lettre d'Appius où celui-ci annonçait à Cicéron son acquittement et le félicitait sur les fiançailles de Tullia. — Pour la date fin mai-commencement juin, cf. Schmidt, n° 18, p. 88, et n° 21, p. 90 et 91.

2. *Ad fam.*, III, 12, 4.

3. Cicéron avait achevé, sans coup férir, sa promenade militaire du côté de l'est, et était rentré à Tarse vers le milieu de juillet. Nous ignorons la date précise ; nous savons qu'il y était le 17 (cf. *Ad fam.*, II, 17, 1). Il quitta sans doute Tarse le jour même où son année de gouvernement expirait (cf. *ibid.* : *Quin ad diem decedam nulla causa est*), c'est-à-dire le 30 juillet.

4. Cf. *Ad fam.*, III, 12, 2 : *sicut tu amicissime et suauissime optas.*

s'excuser[1]. Sa lettre témoigne d'un embarras extrême, et l'on souhaiterait d'y voir moins de timidité et plus de franchise. Il avait écrit, vers le 20 février, à sa femme, qu'il approuvait son projet de marier Tullia à Dolabella[2]. La nouvelle du procès d'Appius lui était parvenue quelques jours après. Il avait écrit à Appius : « Je serais plus prêt à « rompre, avec un homme qui se fait votre adversaire, une « amitié déjà ancienne, qu'à me lier avec lui par des liens « nouveaux »[3]. Mais il s'était bien gardé de donner à sa famille des instructions dans ce sens. Caelius lui avait conseillé de ne rien laisser paraître de ses intentions pendant tout le temps que durerait le procès : il suivit ce conseil; il se réserva, sans pourtant cesser un seul instant de penser à Dolabella comme gendre[4]. Dans ces conditions, on voudrait le voir prendre un peu plus bravement la responsabilité de ce qui s'est fait. Il ne va pas jusqu'à dire à Appius que le mariage a été résolu sans son approbation : s'il avait été à Rome, il aurait approuvé la chose en principe; mais c'est l'époque qui lui paraît inopportune; sa femme et sa fille ne se sont pas décidées contre son avis, mais elles se sont décidées trop tôt. Il ne faut donc pas le rendre responsable : ce qui a été fait, ce n'est pas lui qui l'a fait. « Mettez-vous « à ma place! dit-il à Appius. Si vous trouvez aisément les « mots qu'il faut dire, soyez sans pitié pour mon bégaye- « ment... Non ! je n'en sortirai jamais!... » Et il demande grâce : « Je suis tout en sueur : ôtez-moi ce fardeau; je « n'ai jamais plaidé une cause plus difficile ». On s'attriste de trouver Cicéron dans une situation si comiquement embarrassante. Car il en était en partie responsable : sans

1. Lettre *ad fam.*, III, 12.
2. Cf. *Ad Att.*, VI, 1, 10. Pour la date de la lettre, cf. Schmidt, p. 76, n° 7.
3. *Ad fam.*, III, 10, 5.
4. Cf. sa réponse à Caelius, *Ad fam.*, II, 13, 2 : *Post hoc negotium autem et temeritatem nostri Dolabellae*... C'est une affaire désagréable (*negotium*), mais Dolabella reste toujours « notre Dolabella ».

doute, sa femme et sa fille avaient été trop pressées; mais leur hâte ne l'aurait pas mis dans une situation pareille, si au mois d'avril il n'avait pas assuré Appius qu'il ne deviendrait jamais le beau-père de son ennemi[1].

A quelques jours de là, comme il faisait route vers Rhodes, assez lentement, parce que les vents étésiens le gênaient, Cicéron apprit que des supplications lui avaient été décernées[2]. Diverses lettres, en particulier une nouvelle lettre des siens[3] et une nouvelle lettre de Caelius[4] lui firent savoir qu'Ap. Claudius était intervenu en sa faveur. Non seulement il avait voté les supplications, mais encore il avait prononcé un discours pour motiver son vote; bien mieux, il avait travaillé pour Cicéron en dehors du Sénat, et était même venu chez lui pour entretenir sa famille de la tournure que prenait l'affaire[5]. Cicéron s'empressa de remercier Appius[6]. Il le fit en termes chaleureux : « Vous m'avez rendu plus « que je ne vous avais donné... Votre zèle m'honore bien « plus que la distinction pour laquelle il s'est employé : car « bien des hommes obtiennent les insignes du mérite, qui « pourtant n'en ont aucun; mais un dévouement pareil de « la part d'un homme tel que vous ne peut s'obtenir sans « mérite ». Pareille flatterie s'explique par le désir qu'avait

1. *Ad fam.*, III, 10, 5.

2. Voir Appendice I, lettre *ad fam.*, III, 13.

3. Cf. *Ad fam.*, XV, 11, 1 : *cognoui tamen ex meorum omnium litteris...*

4. *Ibid.*, VIII, 11. Pour la date où a été écrite et reçue cette lettre, voir Appendice I, lettre *ad fam.*, III, 13. Nous disons « nouvelle lettre de Caelius », parce que *Ad fam.*, VIII, 13, où Caelius félicitait Cicéron sur les fiançailles de Tullia, paraît avoir été remise à Cicéron à Side, en même temps que la lettre XI d'Appius (voir Appendice I), et presque en même temps que celle où Terentia annonçait à Cicéron les fiançailles de leur fille. Caelius, dans la lettre VIII, 11, ne citait pas Ap. Claudius parmi ceux qui avaient droit à la reconnaissance de Cicéron; mais son vote, et peut-être le discours par lequel il l'avait motivé, était consigné dans le journal que Caelius joignit à sa lettre (cf. 4 : *Quam quisque sententiam dixerit in commentario est rerum urbanarum*).

5. Cf. *Ad fam.*, III, 13, 1.

6. Lettre *ad fam.*, III, 13.

Cicéron de dissiper chez son correspondant la mauvaise impression des fiançailles de Tullia. Il revient sur ce sujet dans la seconde partie de sa lettre : il ne désespère pas que ses efforts n'arrivent à rendre sa famille aussi chère à Ap. Claudius que celle d'Appius lui est chère ; ce qui vient de se produire n'a rien enlevé au zèle affectueux de Cicéron pour Appius ; au contraire, il en aurait été accru, si c'était possible.

Les derniers mots de la lettre exprimaient l'espoir qu'Ap. Claudius était censeur au moment où Cicéron écrivait. Il fut élu, en effet, avec L. Calpurnius Piso, dans le courant du mois d'août[1]. Sa censure fut sévère. Il épura avec soin les listes de sénateurs et de chevaliers, chassant du Sénat tous les affranchis, et les patriciens que leurs dettes ou leur vie dissipée rendaient indignes : ce fut lui qui raya de la liste des sénateurs l'historien Salluste[2]. Il restitua ainsi à la censure le prestige que son frère Publius, par une loi de son tribunat, lui avait fait perdre[3]. Le même homme qui,

1. Lange, *R. A.*, III², p. 397-398, a prétendu que les consuls Ap. Claudius et L. Pison avaient été nommés dès le début de mai. Il se fonde sur *Ad fam.*, III, 11 : *M. Cicero Ap. Pulchro, ut spero, censori s. d.*; cf. *ibid.*, 5 : *si iam es censor, ut spero*). Mais Sternkopf, *Quaestiones chronologicae*, p. 25 et 26, a très bien montré que les espoirs de Cicéron étaient prématurés : s'ils s'étaient réalisés, Cicéron féliciterait Appius dans la lettre *ad fam.*, III, 12 ; au contraire, il se garde de faire allusion à la censure dans cette lettre : c'est que sans doute il a appris le renvoi des comices à une date ultérieure. Une raison que Sternkopf ne donne pas, et qui nous paraît décisive, est la suivante : le procès d'Appius *de ambitu* a eu lieu à la fin de mai ou au début de juin ; or, un censeur ne pouvait être cité devant le tribunal d'un préteur (cf. Mommsen, *Le Droit public romain*, I, p. 28, n. 2).

2. Dio, XL, 63.

3. P. Clodius, pendant son tribunat, avait fait voter une loi qui restreignait considérablement les pouvoirs des censeurs (cf. *Pro Sestio*, XXV, 55 ; *In Pisonem*, IV, 9 et V, 10). Le consul Metellus Scipio, en 52, les leur avait restitués ; mais Ap. Claudius fut le premier qui osa en user (cf. Dio, XL, 57). Il fut aussi le dernier censeur de la République qui révisa la liste des sénateurs. Sa sévérité devint proverbiale : cf. Hor., *Sat.*, I, 6, 20 : .... *censorque moueret*
Appius, ingenuo si non essem patre natus.

à 25 ans, avait dignement représenté Rome à la cour d'un monarque oriental, ranimait à présent dans Rome même la vigueur des institutions primitives. Certes, il ne faut pas oublier qu'en agissant de la sorte il était surtout l'homme d'un parti[1] : on n'en doit pas moins reconnaître que le censeur de 50 est loin du préteur factieux de 57 ou même du consul peu scrupuleux de 54.

Mais on ne peut sans ridicule se montrer sévère pour les autres quand on ne l'a pas été pour soi-même. Ap. Claudius entreprit de combattre le luxe; il fit une enquête très rigoureuse sur le nombre de statues et de tableaux que possédait chacun[2]. Tant de zèle inquiéta Cicéron : il avait beaucoup d'œuvres d'art dans sa maison et dans ses villas; peut-être se proposait-il d'en rapporter encore quelques-unes de Grèce. Il écrivit d'Athènes à Atticus : « Surtout « dites-moi où en est la question des statues et des tableaux, « et si elle sera portée devant le Sénat »[3]. A Rome, on sourit : Appius n'avait-il pas lui-même, au moment où il comptait être édile, rapporté de Grèce des quantités d'œuvres d'art, plus ou moins régulièrement acquises[4]? Caelius écrivait à Cicéron : « Il s'est persuadé que la censure serait pour lui savon et nitre ». Et il le pressait de revenir vite, s'il voulait rire[5].

La sévérité d'Ap. Claudius contre les débauchés lui attira une fort désagréable aventure. Caelius, qui était cette année-là édile curule, donnait des jeux et dépensait beaucoup; il demanda à Appius un service d'argent, en reconnaissance de ce qu'il avait fait pour lui au moment de son procès. Appius refusa, et comme Caelius, furieux, liait partie avec

1. Dion, XL, 63, prétend d'ailleurs que sa sévérité alla contre son but, et fut très utile à César : tous les sénateurs et chevaliers qu'il avait rayés de l'album embrassèrent le parti de César.

2. *Ad fam.*, VIII, 14, 4.

3. *Ad Att.*, VI, 9, 5.

4. Voir plus haut, p. 13.

5. *Ad fam.*, VIII, 14, 4.

ses ennemis, il l'accusa de mœurs contre nature, en vertu de la loi Scantinia. Alors Caelius, qui était plaisant et hardi, cita le censeur en justice en se réclamant de la même loi : ce fut un beau scandale, et tout le monde, des plus petits aux plus grands, s'amusa beaucoup[1]. Le procès d'ailleurs n'eut pas de suite : seul un tribun du peuple avait le droit d'accuser un censeur pendant l'exercice de sa charge, et encore n'y avait-il pas de précédent de ce genre[2]. Mais le geste de Caelius avait produit le plus piquant effet, et il y avait là de quoi contenter ce jeune homme spirituel et vaniteux.

César et ses légions vinrent arrêter la fièvre réformatrice du censeur. Appius ne put que suivre Pompée : il s'était trop compromis dans la lutte contre César pendant toute l'année 50; il avait dans le camp du proconsul des ennemis, comme Caelius et Curion[3], dont il redoutait la vengeance. Cicéron, qui avait débarqué en Italie le 23 novembre 50[4], n'était pas rentré dans Rome, gardant jusqu'au dernier moment l'espoir du triomphe. Lorsque Pompée passa en Asie, au mois de mars 49, il ne le suivit point : il attendit deux mois encore avant de quitter l'Italie, hésitant toujours sur le parti à prendre. Appius n'avait pas attendu si longtemps; mais son exemple n'encouragea pas Cicéron, ni ne lui fit honte : si Appius restait fidèle à Pompée, sa ligne de conduite politique n'avait pas toujours été aussi ferme, et ceux qui se ralliaient à César n'étaient pas plus inconstants que lui[5]. D'ailleurs, s'il suivait Pompée, c'est qu'il craignait des représailles de la part de César et des ennemis qu'il

1. *Ad fam.*, VIII, 12, 1-4.
2. Tite-Live, XXIX, 37, raconte bien l'histoire d'un tribun qui voulut mettre les censeurs en accusation devant l'assemblée du peuple. Mais le Sénat s'interposa, ne voulant pas laisser créer un précédent.
3. Pour Curion, cf. Dio, XL, 64.
4. Cf. Schmidt, p. 96, n° 23.
5. *Ad Att.*, VIII, 1, 3.

s'était faits pendant sa censure[1]. Quelque vérité qu'il y ait dans ces réflexions, Cicéron paraît, en les faisant, céder au mouvement naturel qui nous fait rappeler les faiblesses des autres et chercher à leur conduite des motifs intéressés pour répondre aux reproches de notre conscience.

Appius mourut avant la bataille de Pharsale. Pompée l'avait chargé de défendre la Grèce[2]; il voulut savoir quelle serait la fortune de la guerre, et alla consulter à ce sujet la Pythie de Delphes : il n'en obtint que ces paroles :

Nihil ad te, Romane, bellum; Euboeae coela obtinebis[3].

Il alla en Eubée, pensant que l'oracle lui commandait de ne pas se mêler aux événements[4] : il y tomba malade, et mourut[5]. On lui éleva dans l'île même, près de Caryste, un beau monument funéraire[6].

1. *Ad Att.*, IX, 1, 4.
2. Oros., VI, 15, 1 : *qui iussu Pompei Graeciam tuebatur.*
3. Val. Max., I, VIII, 10. Lucain, qui a fait de cette consultation un épisode important de sa *Pharsale* (V, 65-237), rapporte l'oracle sous la forme suivante :

Effugis ingentes, tanti discriminis expers,
Bellorum, o Romane, minas; solusque quietem
Euboici uasta lateris conualle tenebis.

4. Val. Max., *l. c.* : *is ratus consiliis se Apollinis moneri ne illi discrimini interesset.* Lucain dit qu'Appius songeait à se faire dans l'Eubée un royaume : ce n'est là sans doute qu'une imagination de poète.
5. Une dédicace reconnaissante des habitants d'Oropos, en face de l'Eubée, nous témoigne qu'Appius fut un bienfaiteur de l'Amphiaraon d'Oropos : *Inscr. gr.*, VII, 428 : ὁ δῆμος Ὠρωπίων Ἄππιον Κλαύδιον Ἀππίου ὑὸν Πόλχρον Ἀμφιαράῳ. C'est évidemment pendant son séjour en Eubée qu'il visita le célèbre sanctuaire, où affluaient les malades et ceux qui voulaient consulter l'oracle. Appius venait demander au dieu soit le rétablissement de sa santé, soit une révélation de l'avenir plus satisfaisante que n'avait été la réponse de la Pythie.
6. Lucan., *Phars.*, V, 230 sq.

CONCLUSION

Ainsi mourut Ap. Claudius Pulcher, loin du fracas des armes, dans une île tranquille de la Grèce. Il ne fut ni meilleur, ni pire que la plupart des nobles romains de son époque; la médiocrité même de son esprit et de son caractère font qu'il exprime mieux qu'aucun autre les qualités et les défauts de sa race, de son milieu et de son temps.

Il était très entiché de son nom, très fier de l'illustre lignée de ses ancêtres, où l'on comptait vingt consuls, un décemvir, deux dictateurs, quatre censeurs[1]. Sa morgue aristocratique se faisait sentir de façon parfois blessante aux hommes comme Cicéron, dont le mérite était grand, mais la race obscure[2]. Elle devenait insolence et mépris à l'égard des provinciaux qu'il traitait en Barbares et en sujets. Il avait le sentiment de la grandeur de Rome, et il était, d'instinct, conservateur. Son ambition ne l'égara qu'un moment dans les violences de l'action démagogique.

Il était cupide[3]; mais pas plus que la moyenne de ses con-

1. Cf. le tableau généalogique donné par Drumann, *G. R.*, II², p. 140-141.

2. Cf. *Ad fam.*, III, 7, 4 sq. Il n'était cependant pas aussi méprisant que son frère Publius, qui s'écriait en plein Sénat : *Quid homini Arpinati cum aquis calidis?* (*Ad Att.*, I, 16, 10).

3. Cf. son pacte avec les candidats consulaires (plus haut, p. 39-40); ses exactions en Cilicie (plus haut, p. 65-66). Mais faut-il rappeler que

temporains, et moins peut-être que son gendre M. Brutus[1]. Audacieux et effronté, comme tous les Claudii, il n'avait pas peur de sa réputation, et il savait en imposer à l'opinion par le cynisme[2]. Bien qu'il fût jaloux[3], querelleur, soupçonneux[4], capable de mauvaise foi[5] et volontiers ingrat[6], l'effet de pareils défauts était corrigé, dans sa conduite, par ce que ses allures avaient de fier et d'aisé.

Sans être sot[7], il avait l'intelligence plus fine et subtile que haute et large. Il excellait à tourner un texte de loi à son profit : il y avait en lui, comme en tout Romain de race, l'étoffe d'un juriste ingénieux[8]. Il avait une compétence particulière en matière de droit augural. Il prenait d'ailleurs très au sérieux ses fonctions d'augure, et les exerçait en croyant[9] : il avait foi dans la divination, et sous plusieurs

pareilles façons d'agir étaient courantes au temps d'Appius? Cicéron ne fit-il pas un pacte avec Antoine, son collègue au consulat, pour partager les bénéfices que celui-ci aurait réalisés pendant son proconsulat de Macédoine? (cf. Drumann, *G. R.*, I², p. 394). Quant aux exactions d'Appius en Cilicie, il est sûr que Cicéron exagère pour se faire valoir. La preuve qu'elles ne furent pas si scandaleuses, c'est que Dolabella, quand il voulut l'accuser, l'accusa *de maiestate*, et non *de repetundis*. Enfin, Cicéron lui-même ne gagna-t-il pas pendant son année de gouvernement 2.200.000 sesterces, soit 550.000 francs, qu'il déposa dans une banque d'Asie? (cf. *Ad Att.*, XI, 1, 2).

1. Voir plus haut, p. 92, n. 1.

2. Cf. son attitude devant les révélations de Memmius, plus haut, p. 40. Vatinius écrivait à Cicéron en 44 :... *Si mehercules Appii os haberem...* (*Ad fam.*, V, 10, 2).

3. Voir plus haut, p. 61.

4. Voir plus haut, p. 84.

5. Voir plus haut, p. 63.

6. Cf. *Ad fam.*, III, 7, 6; VIII, 12, 1.

7. Cf. *Ad Att.*, VIII, 1, 3 : Cicéron oppose la sottise de L. Domitius à l'inconstance d'Appius.

8. Voir plus haut, p. 18, 37. Cf. *Brutus*, LXXVII, 267 : *Satis studiosus et ualde cum doctus tum etiam exercitatus orator et cum auguralis tum omnis publici iuris antiquitatis nostrae satis peritus fuit.*

9. Sur sa compétence en matière de droit augural, cf. *Brutus, l. c.* Il composa un ouvrage *De augurali disciplina* (cf. Festus, éd. Thewrewk, p. 426; voir plus haut, p. 50).

formes : les poulets sacrés[1], les oracles[2], les âmes des morts[3] lui paraissaient également capables de manifester la volonté des Dieux[4]. Il aimait les arts[5], et il se piquait de littérature. Cicéron le déclare, dans un endroit du *Brutus*[6], bon orateur. Enfin, il ne dédaignait pas de s'occuper des choses de la campagne : Varron en a fait un des interlocuteurs de son *De re rustica*. Sans s'y montrer agriculteur passionné, Appius témoigne de certaines connaissances : il a lu Magon et Cassius Dionysius[7].

C'était, en somme, un caractère assez complexe que cet homme à la fois élégant et brutal, délicat et crédule, aussi fier que peu scrupuleux. Figure curieuse, sinon sympathique, parmi ces nobles de la fin de la République, qui avaient le culte de leurs ancêtres, mais n'étaient pas capables de les égaler ; que l'art et les lettres avaient affinés, que la richesse et la puissance avaient corrompus ; chez qui il ne restait plus guère de l'honneur que le sentiment ; qui aimaient Rome et la République, mais moins qu'eux-mêmes.

Dans ses rapports avec ce personnage, Cicéron se montre à nous tel qu'il était, avec ses qualités et ses faiblesses.

Il était excessif dans l'invective, excessif dans la louange.

1. Cf. Festus, éd. Thewrewk, p. 426, *Sollistimum* ; Cic., *De diu.*, II, 35, 75 ; id., *De leg.*, II, 13, 32. Cicéron oppose, dans ces deux passages, Ap. Claudius à C. Marcellus : le premier attribuait une valeur réelle à l'art des augures, l'autre croyait que les auspices étaient une invention des hommes d'Etat. Pour lui, sa position est intermédiaire : c'est la foi qui a créé la science augurale, c'est la raison d'Etat qui l'a maintenue.

2. Cf. les circonstances de la mort d'Appius, plus haut, p. 114.

3. Cic., *Tusc.*, I, 16, 37 : *inde ea, quae meus amicus Appius* νεκρομαντεῖα *faciebat* ; *De diu.*, I, 58, 132 : *ne psychomantia quidem, quibus Appius, amicus tuus, uti solebat.*

4. On peut interpréter comme une marque de sa dévotion à Cérès et à Proserpine l'inscription d'Eleusis rapportée plus haut, p. 49, n. 3.

5. Voir plus haut, p. 6, 13, 50.

6. *Brutus*, *l. c.* Münzer, dans Pauly-Wissowa, III, col. 2853, fait remarquer avec raison que Cicéron, dans ce jugement, sacrifie peut-être un peu de la vérité à la considération de son interlocuteur, qui était le gendre d'Appius.

7. Varro, *De re rust.*, III, 2-7.

Quand on lit la dernière lettre qu'il adressa à Appius[1], où il proclame son estime respectueuse pour l'homme que, sept ans auparavant, il bafouait et traitait de voleur, où il déclare son affection pour une famille qui, sept ans plus tôt, lui apparaissait comme tout entière acharnée à sa perte, on est forcé de convenir que le sentiment était chez lui plus vif que durable, ou bien la parole plus vive que le sentiment. On aurait tort, en relevant semblable contradiction, de le déclarer versatile ou pusillanime. En réalité, il fut moins l'ennemi d'Appius que ses discours ne le font croire, et moins son ami que ne le disent ses lettres. Son tempérament d'orateur le portait à l'exagération. Mais ce sont aussi les qualités littéraires de son esprit qui l'empêchent d'être vulgaire dans l'invective ou la flatterie. Il est spirituel, là où d'autres ne sauraient être qu'injurieux ; il est délicat, là où d'autres n'éviteraient point la platitude.

Dans sa conduite, il apportait de rares qualités de souplesse. Sans descendre à nulle abdication, il sut conquérir l'amitié du frère de son ennemi, et la conserver malgré les difficultés nombreuses que fit naître entre eux l'administration de la Cilicie.

Il était à la fois ambitieux et timoré[2], et c'est par ambition et par crainte qu'il se réconcilia avec Appius. L'histoire de ses relations avec lui résume et symbolise à merveille l'histoire de son opportunisme politique. Comme l'amitié d'Appius lui était une recommandation auprès de Pompée, et qu'elle accroissait son importance aux yeux du peuple, il fut avant tout soucieux qu'elle fût connue de tous[3]; quand des difficultés surgirent entre lui et Ap. Claudius, il désira

1. *Ad fam.*, III, 13.
2. On remarque dans ses lettres de l'année 54 une peur constante d'en trop dire, et que des indiscrétions ne soient commises qui le mettent dans l'embarras. Cf. *Ad Att.*, IV, 17, 1 ; 15, 3 ; 15, 7 ; *Ad Q. fr.*, III, 8, 2 ; 9, 3.
3. Cf. *Pro Scauro*, 31.

vivement que nul n'en sût rien[1]. Ce fut, en somme, une amitié politique : la mort enleva Appius au moment où elle promettait de se transformer en un commerce plus intime.

Cicéron souhaitait, en effet, d'entretenir avec Ap. Claudius des relations familières : sa vanité y eût goûté de vives satisfactions. Il respectait dans Appius le descendant d'une illustre famille[2], et il eût été très fier d'être admis dans l'intimité de ce grand seigneur. Riche et influent, il ne lui manquait, pour être son égal, que l'éclat du nom. Il imitait volontiers ses allures fastueuses : quand il apprit qu'Appius se proposait de construire des propylées à Eleusis, il pensa à en construire de son côté, à Athènes, dans les jardins d'Academus[3] : et lorsqu'il crut qu'Appius avait abandonné son projet, il ne vit plus de raison de tenir au sien[4]. Il maria sa fille, successivement, à trois jeunes gens qui portaient des noms illustres, Calpurnius Piso, Furius Crassipès et Cornelius Dolabella[5] : il avait songé un moment à lui faire

1. Cf. *Ad fam.*, III, 5, 2 ; 6, 6 ; 13, 2. On retrouve dans les rapports de Cicéron avec C. Antonius, son collègue au consulat, le même souci de ne pas laisser paraître qu'il y a quelque refroidissement dans leur amitié (cf. *Ad fam.*, V, 5, 1 :... *ne iis, qui me rogarent, aliquid de nostra coniunctione imminutum esse ostenderem*).

2. Cf. *Ad fam.*, III, 10, 9 : *hominis nobilissimi*. On voit qu'il fait grand cas de la naissance d'Appius dans les occasions mêmes où il lui reproche de n'être pas à la hauteur de ses ancêtres : cf. *Pro domo*, XLIII, 112 : *quidam homo nobilis* ; *Pro Sestio*, LIX, 126 ; cf. aussi, bien que Cicéron n'y vise que P. Clodius et Clodia, la prosopopée d'Ap. Claudius Caecus, dans *Pro Caelio*, XIV.

3. Cf. *Ad Att.*, VI, 1, 6.

4. Cf. *Ad Att.*, VI, 6, 2.

5. C'est à tort que Tyrrel, III[2], p. 16, note « *Ac de illo* », prétend que Dolabella était un chevalier. Cf. Dio, LXII, 29, 1 : Dolabella, de patricien, se fit plébéien pour devenir tribun du peuple ; Tac., *Hist.*, I, 88 : *Cornelius Dolabella... uetusto nomine et propinquitate Galbae monstratus*. Pison était d'une famille plébéienne (*Calpurnii*), mais où la branche des Pison s'était illustrée (cf. Pauly-Wissowa, III, col. 1365 sq.). Crassipès, au contraire, était d'une famille patricienne (*Furii*), mais d'une branche sans gloire (cf. Pauly-Wissowa, VII, col. 315 sq.).

épouser Ti. Claudius Nero, qui appartenait à une branche de la gens Claudia[1].

Pourtant, si la familiarité des grands flattait sa vanité, son bon sens savait les juger, et son orgueil lui inspira quelquefois, à leur adresse, des paroles ironiques[2] ou fières[3]. En face d'Ap. Claudius, Cicéron, homme nouveau, fils d'un simple chevalier, n'avait pour lui que son talent. Mais il pensait que cela seul comptait vraiment, et que la grandeur des ancêtres ne suffisait pas à faire la grandeur des descendants : au contraire, l'illustration de leur race créait aux nobles plus de devoirs que de droits. Ce qu'il pensait, il sut, à l'occasion, le dire.

Qu'une pareille revendication fût nécessaire, cela nous prouve que le préjugé nobiliaire n'était pas mort. Qu'elle fût possible, cela nous donne à penser que les conditions sociales se transformaient, qu'une aristocratie de talent, telle que les bons empereurs surent la grouper autour d'eux, était en train de se substituer à l'aristocratie de naissance. La façon différente dont Appius et Cicéron entendirent le gouvernement de la Cilicie nous amène à des réflexions analogues. Les principes de Cicéron, sinon ses actes, nous font entrevoir le moment où les provinces seront administrées dans l'intérêt des provinciaux et non pas au profit d'un groupe d'exploiteurs romains. C'est donc comme la perception directe d'un changement moral et social que nous donne l'histoire des rapports entre ces deux hommes, dont l'un était en retard sur son siècle, et dont l'autre le devançait.

1. Cf. *Ad Att.*, VI, 6, 1.
2. Cf. *Ad fam.*, III, 8, 8 : *Liberalitas tua, ut hominis nobilissimi, latius in prouincia patuit.*
3. Cf. *ibid.*, 7, 5.

LA FAMILLE D'AP. CLAUDIUS PULCHER[1]

- AP. CLAUDIUS PULCHER, cos. 79, + 76, épouse Metella
  - AP. CLAUDIUS PULCHER, cos. 54, cens. 50, + 48
    - AP. PULCHER (par adoption ; auparavant Caius)
    - CLAUDIA épouse Cn. Pompée
    - CLAUDIA épouse M. Brutus
  - CLODIA épouse Q. Marcius Rex cos. 68
  - C. CLAUDIUS PULCHER pr. 56
    - AP. PULCHER cos. 38
    - (C. ?) PULCHER adopté par Ap. Claudius Pulcher
  - CLODIA (QUADRANTARIA) épouse Q. Metellus Celer cos. 60
  - P. CLODIUS PULCHER trib. pleb. 58 épouse a) Pinaria b) Fulvia
    - P. PULCHER pr. ?
    - CLODIA fiancée à Octave
  - CLODIA épouse L. Lucullus cos. 74

1. Cette généalogie a été établie d'après le tableau donné par Drumann, II², p. 140-141.

APPENDICES

APPENDICE I

Note sur la correspondance d'Appius et de Cicéron

Première Partie. 53 av. J. C.

Cicéron est à Rome, Ap. Claudius est en Cilicie.

Lettre I. Deuxième moitié de 53. Lettre d'Appius remise à Cicéron par Cilix, affranchi d'Appius.

Appius remercie Cicéron des services qu'il lui a rendus, et lui marque beaucoup d'affection et de zèle. Il lui demande des nouvelles de ce qui se passe à Rome. — Cf. *Ad fam.*, III, 1.

Ad fam., III, 1. Avant le 18 janvier 52. Lettre de Cicéron portée à Appius par Phanias, affranchi de ce dernier. Tyrrel place cette lettre la troisième parmi les quatre qu'il date de l'année 52. Elle est donc à ses yeux postérieure au meurtre de Clodius par Milon (18 janvier 52). Nous croyons que c'est une erreur.

1° Au début de la lettre, Cicéron parle de la situation politique sur un ton qui serait pour le moins surprenant si la lettre avait été écrite après le meurtre de Clodius. En effet, on conçoit difficilement qu'il puisse dire au frère de la victime : « Phanias vous renseignera beaucoup mieux que je ne puis le faire : c'est un esprit non seulement avisé, mais encore très curieux de détails agréables » ;

2° Le ton de la lettre suivante, *ad fam.*, III, 2, tranche singulièrement sur celui de la lettre 1. L'embarras qu'elle témoigne s'expliquerait difficilement par cette raison seule que Cicéron devine l'irritation d'Appius à la nouvelle qu'il est remplacé dans son gouvernement. Aussi est-il vraisemblable d'admettre que le meurtre de Clodius par Milon et le procès du meurtrier ont eu lieu entre l'envoi de la lettre 1 et l'envoi de la lettre 2. Cette vraisemblance s'accroît quand on constate que dans la lettre 2 il n'est fait allusion à aucune lettre précédente d'Appius, mais qu'avec elle paraît s'engager une nouvelle correspondance après une période de silence gêné;

3° On peut même affirmer que cette lettre est antérieure à la nomination de Cicéron comme augure, puisqu'il n'est pas question de cette nouvelle dignité, ni de félicitations d'Appius à ce sujet, ni du *Liber auguralis* que le proconsul dédia à son nouveau collègue.

Avant le 18 janvier 52, Ap. Claudius envoie à Cicéron la première partie de son *Liber auguralis*[1].

Deuxième partie. Mars - 1er septembre 51.

(Cf. plus haut, ch. I et II de la seconde partie.)

En janvier, février ou mars 51, Appius envoie à Cicéron une copie de la lettre officielle qu'il écrivait au Sénat (cf. *Ad fam.*, III, 3, 2). Cette lettre était sans doute destinée à lui faire voter des supplications ou le triomphe, et il en avait adressé des exemplaires aux principaux sénateurs. De même, aujourd'hui, avant la discussion générale d'une question, on distribue aux députés des rapports imprimés. Il n'y a donc rien là qui aille contre notre affirmation que de janvier 52 à mars 51 la correspondance entre Cicéron et Ap. Claudius a été interrompue.

Ad fam., *III*, *2*. Écrite de Rome. Mars 51.

Le 4 juin, Cicéron reçut à Brindes une lettre d'Appius (lettre II) où il se montrait informé de la nomination de son successeur. Il faut un peu plus d'un mois[2] pour qu'une lettre aille de Rome à Laodicée, la ville de la province de Cilicie qui est le moins éloignée de Rome. Donc il faut qu'Appius ait appris la nouvelle de la nomination de Cicéron vers la fin d'avril, et la lettre qui la lui apporta (*Ad fam.*, III, 2) ne peut être partie de Rome après les derniers jours de mars. Hofmann a tort (*Ausgewählte Briefe*, p. 116) de dater cette lettre du mois d'avril.

Lettre II. Lettre d'Appius, en réponse à *Ad fam.*, III, 2. Reçue par Cicéron à Brindes le 4 juin.

1. Voir plus haut, p. 50, n. 5.

2. Nous adoptons l'opinion de Schmidt, n° 18, p. 87. C'est une moyenne : on pouvait aller plus vite : cf. *Ad fam.*, XIV, 5 : Cicéron loue la diligence de son esclave Acastus, qui n'a mis que vingt et un jours pour porter une lettre de Rome à Athènes. On pouvait aller aussi beaucoup plus lentement : cf. *Ad Att.*, V, 21, 4 : une lettre d'Atticus donnée le 22 septembre a été remise à Cicéron le 11 février; il est vrai que cette lenteur est signalée par Cicéron comme exceptionnelle.

Appius disait à Cicéron qu'il avait chargé L. Clodius de plusieurs commissions pour lui. La lettre était écrite en des termes tels que Cicéron est très impatient de savoir ce que L. Clodius a à lui dire et éprouve, en attendant, le besoin d'assurer Appius que tout les invite à être amis. Enfin, Appius déclarait que, s'il ne quittait pas la province sur-le-champ, c'était pour ne point se priver du plaisir d'y rencontrer Cicéron[1]. — Cf. *Ad fam.*, III, 4.

Ad fam., III, 3. Écrite à Brindes, le 12 mai. Elle renouvelle les prières de la lettre II.

Ad fam., III, 4. Écrite à Brindes, le 4 ou le 5 juin.

Cicéron répond à la lettre II d'Appius, qu'il vient de recevoir. Il fait à Appius comme l'inventaire des raisons qu'ils peuvent avoir d'être amis.

Lettre de Cicéron, que nous ne possédons pas, écrite à Corcyre le 12 juin. Cf. *Ad fam.*, III, 6, 2 : *Itaque et consilium mutaui et ad te statim manu scriptas litteras misi : quas quidem ex tuis litteris intellexi satis mature ad te esse perlatas.*

Lettre III. Remise à Cicéron, à son arrivée à Tralles, le 27 juillet, par L. Lucilius.

Appius répond à la fois à *Ad fam.*, III, 4, et à la lettre datée de Corcyre. Il écrit de Laodicée, au moment de partir pour Tarse, ou peu de temps après avoir quitté Laodicée (cf. *Ad fam.*, III, 6, 4). Cicéron, dans la lettre *ad fam.*, III, 5, 3, dit qu'Appius émettait des doutes sur la possibilité de leur rencontre, à cause de l'itinéraire adopté par Cicéron ; il ne parle pas de Tarse, mais dit seulement en termes vagues : *Tua ratio postea est commutata.* Dans la lettre *ad fam.*, III, 6, 4, il dit au contraire : *Ac mihi tamen, antequam in prouinciam ueni, redditae sunt a te litterae : quibus, etsi te Tarsum proficisci demonstrabas, tamen mihi non dubiam spem mei conueniendi adferebas.* — Cicéron avait-il reçu, à deux ou trois jours d'intervalle, deux lettres d'Appius, l'une lui disant qu'il ne serait pas à Laodicée, l'autre qu'il partait pour Tarse? C'est possible. Remarquons toutefois que : 1° cette manœuvre de timide, qui consiste à annoncer en deux fois une nouvelle qu'on est embarrassé de faire savoir d'un seul coup, ne parait pas être dans le caractère d'Appius ;

1. Cf. *Ad fam.*, III, 4, fin, et 6, 2. Dans cette dernière, il est question d'une lettre *reçue à Rome.* Mais ce doit être un faux souvenir de Cicéron, et il faut identifier cette lettre avec la lettre II. En effet, si Appius déclare qu'il a hâte de quitter la province, c'est qu'il sait que son successeur a été désigné. Mais entre mars et fin avril — date où Cicéron quitta Rome (cf. plus haut, p. 56 et n. 2) — il ne s'est pas écoulé assez de temps pour que successivement parvinssent, en Cilicie, la nouvelle de cette nomination, et à Rome, la lettre écrite par Appius au reçu de cette nouvelle. D'ailleurs, la lettre *ad fam.*, III, 3 est écrite de Brindes, le 21 mai. Or, Cicéron y renouvelle *(Nunc, quod a te petii litteris eis...)* la prière qu'il a faite à Appius dans la lettre II : ce qui prouve évidemment qu'il n'avait pas encore reçu de lettre d'Appius au sujet de la province.

2° la lettre III d'Appius paraît avoir été assez longue, et il pouvait très bien y dire, à deux endroits différents, sur la possibilité d'une rencontre, ce que Cicéron rapporte dans *Ad fam.*, III, 5 et 6 : d'autant plus que Cicéron ne fait, naturellement, que rappeler les idées exprimées sans dire comment elles l'étaient ni ce qui les amenait.

Appius, dans la lettre III, dit encore à Cicéron que les souvenirs qu'il rappelle au sujet de leur amitié, sans doute lui ont été agréables, mais ne lui ont point paru nécessaires, parce que repris de trop loin. Il donne à Cicéron le détail de ce qu'il a fait pour qu'il trouvât l'administration de la province en règle au moment de son entrée en charge. Enfin, il lui dit qu'il a donné mission à Q. Scaevola de gouverner la province en son absence, en attendant l'arrivée de Cicéron.

Ad fam., III, 5. Écrite à Tralles, le 27 juillet. Réponse à la lettre III.

Du 27 juillet au 29 août, période de silence entre Cicéron et Appius. Cicéron attend la réponse à sa lettre écrite de Tralles, Appius ne donne pas signe de vie. Le 1er septembre, après avoir quitté le camp d'Iconium, Cicéron se décide à écrire à Appius la lettre

Ad fam., III, 6. 1er septembre. *Ex itinere.* Cf. plus haut, p. 74 et n. 1.

Troisième Partie. Septembre 51 - février 50.

(Cf. plus haut, ch. III de la seconde partie.)

Lettre IV. Écrite par Appius pendant qu'il était encore en Asie (cf. *Ad fam.*, III, 9, 1), vraisemblablement vers le milieu de septembre, reçue par Cicéron le 8 octobre, au camp de Mopsuhestia (cf. *Ad fam.*, III, 8, 10 et 1) ou quelques jours auparavant.

Appius disait à Cicéron qu'il comptait être devant Rome vers la fin du mois d'octobre ou le commencement de novembre. Il l'assurait qu'il s'occuperait des commissions qu'il lui avait données, et lui demandait des nouvelles de sa campagne. La lettre n'en était pas moins, dans son ensemble, une lettre de reproches. Il s'agissait de délégations envoyées par des villes d'Asie Mineure pour aller à Rome faire l'éloge du proconsul sortant. Cicéron avait défendu qu'elles partissent sans son ordre, parce qu'elles étaient un prétexte à des suppléments de taxes. On a rapporté à Appius que Cicéron, à plusieurs reprises, dans des banquets, et en présidant le tribunal de Synnade, a laissé paraître qu'il ne l'aimait point. On lui a dit que, dans l'édit qu'il avait publié à son entrée dans la province, Cicéron avait pris des mesures dont le but était d'empêcher le départ des délégations. Sans doute, il exigeait simplement qu'elles ne partissent point sans son autorisation expresse : mais pouvait-on aller lui demander cette autorisation au delà du Taurus ? L'obligation de ce délai équivalait à une interdiction pure et simple. Appius voyait là une marque d'hostilité de la part de Cicéron et lui disait son mécontentement en termes vifs.

Ad fam., III, 8. Écrite au camp de Mopsuhestia, le 8 octobre. Réponse à la lettre IV.

Lettre V. Remise par Appius aux *Appiani*, avant de quitter l'Asie (cf. *Ad fam.*, III, 9, 1), et remise à Cicéron par une délégation des *Appiani*, dans les premiers jours de février 50.

C'était un véritable « volume », « plein des récriminations les plus injustes ». Cicéron avait défendu que les *Appiani* levassent de nouveaux impôts pour bâtir nous ne savons quel édifice, avant que lui-même eût reconnu l'utilité de ces constructions. Cette défense, disait Appius, équivalait, pratiquement, à l'interdiction de bâtir, car Cicéron ne serait pas revenu de Cilicie avant l'hiver, et on ne pourrait plus commencer les travaux en cette saison. En conséquence, il demandait à Cicéron d'accorder tout de suite aux *Appiani* l'autorisation nécessaire.

Ad fam., III, 7. Écrite à Laodicée, le 11 février 50, ou peu après. Réponse à la lettre V, et à un propos d'Appius rapporté par l'affranchi Pausanias.

Quatrième partie. Février-août 50.

Appius est devant Rome ou à Rome même, Cicéron est en Asie.
(Cf. plus haut, ch. IV de la seconde partie.)

Lettre VI. Écrite de Rome par Appius, au début du mois de décembre 51, reçue par Cicéron le 20 février 50 ou peu après. En effet, la lettre *Ad Att.*, VI, 1 est du 20 février, et il y est dit (19) que Philotimus, affranchi de Terentia, est arrivé en Chersonnèse aux environs du 1er janvier, mais n'a pas encore paru à Laodicée. Or, c'était lui qui portait la lettre d'Appius (cf. *Ad fam.*, III, 9, 1). Comme Philotimus, le 20 février, était attendu et déjà passablement en retard, il dut arriver ce jour-là ou peu après [1].

Litteras dignas Appio Claudio, plenas humanitatis, officii, diligentiae, dit Cicéron. Appius remerciait Cicéron de ce qu'il avait fait pour lui à Rome pendant son absence : il ne manquerait pas de saisir la première occasion de lui prouver sa reconnaissance, bien qu'il fût difficile

1. Cf. Schmidt, n° 14, p. 86.

de reconnaître de pareils services par des services égaux : en particulier, il s'emploierait à lui faire décerner des supplications pour sa campagne de l'automne. Il comptait achever le livre dont il lui avait déjà dédié une partie : en retour, il souhaitait vivement que Cicéron composât à son intention quelque traité. Enfin, il lui disait son espoir d'obtenir sous peu le triomphe.

Ad fam., III, 9. Écrite à Laodicée, peu après le 20 février. Réponse à la lettre VI.

Lettre VII. Écrite de Rome par Appius, remise à Cicéron, à Laodicée, par Q. Servilius, dans la première moitié d'avril. C'était un court billet par lequel Appius apprenait à Cicéron qu'il allait avoir à répondre d'une accusation *de maiestate* et se recommandait à lui. — Cf. *Ad fam.*, III, 10, 2.

Lettre VIII. Reçue par Cicéron, à Laodicée, quelques jours après celle-là. Cicéron répond à la fois à VII et à VIII dans *Ad fam.*, III, 10. Il n'y est pas spécifié que Cicéron ait reçu deux lettres d'Appius. Mais cela nous paraît évident d'après le contexte. Les *perbreues litterae* remises par Q. Servilius ne pouvaient pas être la même lettre que celle où Appius lui parlait longuement (*multa scripta sunt abs te*) des propos tenus par Dolabella. De plus, les *perbreues litterae* avaient été vraisemblablement écrites dès qu'Appius sut de quelle accusation il était l'objet, et avant par conséquent qu'il connût les propos tenus par Dolabella à ce sujet (*sermo stultus et pucrilis, Ad fam.*, III, 10, 5). Appius disait encore à Cicéron, dans cette lettre, que tous les ordres lui étaient favorables. Enfin, tout en se recommandant de nouveau à Cicéron, il laissait percer quelques doutes sur la sincérité de son dévouement.

Ad fam., III, 10. Écrite à Laodicée, probablement dans la première moitié d'avril (cf. Appendice IV). Réponse aux lettres VII et VIII. Nouvelle justification de sa conduite dans l'affaire des délégations et protestations d'amitié.

Lettre IX. Écrite de Rome le 5 avril, envoyée de Tarse à Cicéron par Q. Servilius et reçue *in castris ad fluuium Pyramum*, aux environs de juin (cf. plus loin, *Ad fam.*, III, 11). Appius faisait part à Cicéron de son acquittement dans le procès *de maiestate*. Il lui disait que le Sénat, les juges, l'État tout entier avaient été pour lui. Pompée et Brutus avaient fait preuve d'un admirable dévouement. Il demandait à Cicéron de faire punir par les villes dont ils étaient citoyens des témoins mercenaires qui avaient paru au procès. — Cf. *Ad fam.*, III, 11, 1, 2 et 3.

Lettre X. Écrite de Rome après la lettre IX, reçue par Cicéron en même temps et dans les mêmes conditions que la précédente. Appius y faisait un tableau général de la situation politique. Tableau plutôt rassurant : la République était d'une part moins menacée, d'autre part mieux défendue qu'on pouvait le croire. Il promettait à Cicéron de lui envoyer tous les discours qu'il avait prononcés, dès qu'il aurait fini de les rédiger. Enfin il lui expliquait pourquoi il avait cru devoir douter de son dévouement : c'est qu'il avait reçu de lui deux lettres (*Ad fam.*, III, 8 et 7) qui marquaient de l'irritation. — Cf. *Ad fam.*, III, 11, 4 et 5.

Ad fam., III, 11. Écrite au camp du Pyrame, vers le 10 juin, d'après Schmidt (n° 20, p. 89), après le 13 juin, d'après Müller. Nous n'avons aucun moyen de décider entre ces deux dates. Réponse à IX et à X.

Lettre XI. Remise à Cicéron, à Side, le 3 août (cf. Sternkopf, *Quaestiones chronologicae...*, p. 15 et 16 ; Schmidt, n° 21, p. 90), ou le 4. Appius informait Cicéron de son acquittement *de ambitu* (*Ad fam.*, III, 12, 1), et le congratulait à propos des fiançailles de Tullia (*Ibid.*, 2).

Ad fam., III, 12. Écrite le 3 ou le 4 août, à Side. Réponse à la lettre XI.

Ad fam., III, 13. La date de cette lettre est incertaine, et ç'a été longtemps une question de savoir si elle est antérieure ou postérieure à *Ad fam.*, III, 12. Les allusions qui y sont faites aux fiançailles de Tullia (2 : *Vellem ita fortuna tulisset...*) obligent à croire qu'elle a été écrite après *Ad fam.*, III, 12. Sternkopf, *Quaestiones chronologicae...*, p. 19, a absolument raison sur ce point. Mais alors on est embarrassé d'expliquer pourquoi il n'est pas déjà question des supplications dans *Ad fam.*, III, 12 : car Sternkopf, Schmidt, Tyrrel considèrent que Cicéron a su qu'on lui avait décerné des supplications avant d'être informé des fiançailles de Tullia. Sternkopf suppose que Cicéron a voulu réserver ses remerciements pour une lettre postérieure, afin de leur donner plus de prix ; Schmidt, que Cicéron n'a pas su tout de suite le zèle déployé par Appius. Ces explications ne sont guère satisfaisantes. Mais la succession des lettres *ad fam.*, III 12 et 13 apparaîtrait comme tout naturelle si l'on pouvait démontrer que Cicéron n'a connu le vote des supplications qu'après avoir été informé des fiançailles de Tullia. Or, rien ne s'oppose absolument à ce que les choses se soient passées de cette façon.

Sternkopft et Schmidt supposent que la lettre *ad Att.*, VI, 7, où il est parlé du vote des supplications, que les lettres *ad fam.*, XV, 6 et 11, par lesquelles Cicéron remercie Caton et C. Marcellus de ce qu'ils ont fait à cette occasion, ont été écrites à Tarse, à la fin du mois de juillet. C'est une chose fort improbable : Cicéron écrit à Atticus (*Ad Att.*, VI, 7, 2) : *etesiae ualde reflant.* Il ne peut guère écrire cela qu'au bord de la mer. Pour les autres lettres, les mots : *Ego, ut spero te propediem uidebo* (*Ad fam.*, XV, 6, 2) ; *Ego, si me nauigatio non morabitur, quae incurrebat in ipsos etesias, propediem te, ut spero uidebo* (*Ibid.*, 11, 2) paraissent avoir été écrits au cours du voyage, lors d'une escale, plutôt que de Tarse[1]. Ce ne sont pas ces lettres qui ont fait croire que les supplications avaient été connues de Cicéron avant les fiançailles de Tullia. Mais la lettre *ad fam.*, VIII, 11, qui parle des supplications, paraissait antérieure à VIII, 13, qui parle des fiançailles de Tullia[2]. On remarquera d'abord que Caelius peut avoir écrit la lettre 11 avant la lettre 13, et Cicéron n'avoir pourtant reçu celle-là qu'après celle-ci[3]. D'autre part, rien ne nous prouve de façon indiscutable que 11 soit antérieure à 13. Nous croyons même, pour notre part, que c'est l'inverse[4]. S'il en était ainsi, les supplications auraient été décernées à Cicéron non pas dans la deuxième moitié d'avril, comme le veut Schmidt (nº 18, p. 88), mais au début de juin.

On a une autre raison de croire que Cicéron connut le vote des supplications avant les fiançailles de Tullia. Si la lettre *ad Att.*, VI, 6 a été écrite de Rhodes, comme semble le faire croire ce qui y est dit d'Hortensius[5], étant donné qu'il est question dans cette lettre des fiançailles de Tullia (1), et que la lettre *ad Att.*, VI, 7, forcément écrite avant que Cicéron fût à Rhodes[6], parle des supplications, on est autorisé à croire que celles-ci ont été connues d'abord. Mais *Ad Att.*, VI, 6 peut fort bien avoir été écrite avant 7. 1º Ce que Cicéron dit d'Hortensius : *De Hortensio te certo scio dolere; equidem excrucior; decreram enim cum eo ualde familiariter uiuere*[7] (2), ne peut-il pas l'avoir dit avant de connaître la mort d'Hortensius, et simplement d'après ces mots de la lettre de Caelius *Ad fam.*, VIII, 13, 2 : *Q. Hortensius, cum has litteras scripsi, animam agebat*? — 2º Cicéron annonce à Atticus, dans *Ad Att.*, VI, 6, qu'il a chargé son questeur Caelius Caldus d'administrer la province : c'est une nouvelle assez importante pour qu'il l'eût annoncée dans *Ad Att.*, VI, 7, si 7 était antérieure à 6. — 3º Dans *Ad fam.*, II, 15, que Schmidt date du 3 août, Cicéron s'écrie à propos du mariage de Tullia : *Quod actum est Di*

1. Tyrrel, III[2], p. 264, date *Ad fam.*, XV, 6 de Rhodes, 10 août environ.

2. Schmidt, et d'après lui Antoine, placent *Ad fam.*, VIII, 11 dans la deuxième moitié d'avril ou au commencement de mai 50, *Ad fam.*, VIII, 13, en mai ou au commencement de juin.

3. De pareils retards n'avaient rien d'impossible. L'esclave qui portait la lettre *ad fam.*, VIII, 12 resta à Rome quarante jours après que Caelius la lui eût remise (cf. *Ad fam.*, VIII, 12, 4).

4. Dans *Ad fam.*, VIII, 13, Caelius raconte que le Sénat a délibéré au sujet de l'*intercessio* de Curion, qui s'opposait au rappel de César : le Sénat a paru donner raison au tribun; quant à Pompée, il sait à peine ce qu'il veut : *quemadmodum hoc Pompeius laturus sit, cum cognoro, scribam.* Quand Caelius écrit *Ad fam.*, VIII, 11, Pompée a manifesté son sentiment : il paraît être d'accord avec le Sénat pour que César quitte son gouvernement aux Ides de novembre. (Nous proposons de lire au § 3 : *in qua ad hoc incubuisse cum senatu Pompeius uidetur, ut Caesar Id. Nouembr. decedat : ad hoc* au lieu de *ad huc* des mss.) En somme Pompée est sorti de sa réserve et s'est entendu avec le Sénat : la situation est beaucoup plus tendue.

5. Ce n'est en effet qu'à Rhodes, d'après *Brutus*, I, 1, que Cicéron apprit la mort d'Hortensius.

6. Cicéron y dit en effet (2) : « *Rhodum uolo puerorum causa* ».

approbent! (2). Or la lettre d'Atticus à laquelle répond *Ad Att.*, VI, 6 disait : « Qu'au moins les Dieux bénissent l'union de Tullia et de Dolabella ! » (*Ad Att.*, 6, 1). Il y a apparemment un souvenir de cette lettre dans *Ad fam.*, II, 15, 2.

Pour conclure nous proposons la chronologie suivante :

A Side, 3-4 août.	Cicéron reçoit : une lettre des siens, *Ad fam.*, VIII, 13 ; une lettre d'Appius. Cicéron écrit : *Ad fam.*, III, 12 ; *Ad Att.*, VI, 6.
Pendant le voyage de Side à Rhodes.	Cicéron reçoit : une lettre des siens (cf. *Ad fam.*, XV, 11, 1) ; *Ad fam.*, VIII, 11. Cicéron écrit : *Ad fam.*, III, 13 ; XV, 6 ; XV, 11 ; II, 15 ; *Ad Att.*, VI, 7.

APPENDICE II

Note sur la date de l'entrée en charge d'Ap. Claudius Pulcher et de M. Tullius Cicero dans le gouvernement de la province de Cilicie

Cicéron arriva à Laodicée le 31 juillet 51. Le sénatus-consulte qui lui avait donné la province de Cilicie la lui avait donnée pour un an. Du moment donc qu'il avait échappé au danger d'une prorogation, il était libre de quitter sa province un an jour pour jour après y être entré. C'est ce qu'il dit avec précision dans plusieurs lettres à Atticus[1]. Son gouvernement, commencé le 31 juillet 51, expire le 30 juillet 50[2].

Drumann[3] croit pouvoir se baser là-dessus pour affirmer qu'Appius n'arriva pas en Cilicie avant le mois de juillet 53. Nous croyons que c'est une erreur. Cicéron calcule que son gouvernement prend fin un an après

1. *Ad Att.*, V, 15, 1 ; 21, 9 ; VI, 2, 6.

2. Nous ne comprenons pas sur quoi se fonde Tyrrel, III², Introd., p. XII, pour affirmer que son gouvernement commençait le 1er juillet. Ce n'est que sous l'Empire que l'année proconsulaire alla du 1er juillet au 30 juin (cf. Mommsen, *Le droit public romain*, III, p. 294). Nous ne comprenons pas davantage comment, reprochant à Cicéron la lenteur de son voyage, il peut dire, *l. c.*, « qu'il mit à revenir à Rome environ moitié moins de temps » qu'il n'en avait mis pour aller dans sa province. Parti de Rome à la fin d'avril ou au début de mai 51 (cf. plus haut, p. 56 et n. 2, Cicéron arriva à Laodicée le 31 juillet. Son voyage d'aller avait donc duré 3 mois. Parti de Tarse le 31 juillet 50, il arriva à Brindes le 26 novembre (cf. *Ad fam.*, XVI, 9, 2 ; *Ad Att.*, VII, 2, 1), et ne fut devant Rome que le 4 janvier 49 (cf. *Ad fam.*, XVI, 11, 2). Son voyage de retour avait donc duré cinq mois.

3. *G. R.*, II², p. 165.

le jour où il est arrivé à Laodicée : mais le jour même de cette arrivée ne dépendait que de son empressement ou des hasards du voyage. En principe, le gouvernement des provinces commençait au 1er mars [1]. Mais, en fait, à cause de la difficulté de la navigation en cette saison, il commençait au moment où le proconsul arrivait dans sa province, et finissait une ou plusieurs années jour pour jour après cette date. Cela faisait que très souvent le gouvernement du proconsul sortant expirait tandis que son successeur était encore en voyage. Le proconsul pouvait alors, s'il le voulait, continuer à administrer la province en attendant son successeur ; mais il avait aussi le droit de quitter la province en laissant à sa place un légat : c'est ce que fit Cicéron, à qui, d'ailleurs, aucun successeur n'avait été désigné.

Nous croyons que le gouvernement d'Ap. Claudius expirait au mois de juin ; que, par conséquent, Appius était arrivé en Cilicie au mois de juin de l'année 53, et plutôt dans les premiers jours de ce mois que dans les derniers.

1° S'il avait dû légalement rester jusqu'au mois de juillet, il n'aurait eu aucune raison de penser que Cicéron n'arriverait pas à temps pour le remplacer, et par conséquent il ne lui aurait pas écrit dès le début du mois de mai [3] qu'il attendrait son arrivée uniquement pour être sûr de le rencontrer ;

2° Cicéron, s'il n'avait pas pensé qu'il arriverait en Cilicie après l'expiration du gouvernement d'Appius, n'aurait pas éprouvé le besoin de s'excuser auprès de lui, comme il le fit, de la lenteur de son voyage [4] ;

3° Enfin, dès la fin du mois de mai et le début du mois de juin, arrivaient à Brindes Q. Fabius Vergilianus, légat d'Appius, et d'autres personnages de sa cohorte, C. Flaccus, M. Octavius ; son *praefectus fabrum*, L. Clodius, était incessamment attendu [5]. Ces personnages avaient quitté la Cilicie avant la fin légale du proconsulat d'Appius ; mais c'est sans doute qu'elle était proche, et ils ne l'auraient pas fait si leur maître avait eu encore à administrer la province pendant trois mois et demi.

1. Cf. plus haut, p. 28, n. 1. P. Guiraud, *Le différend entre César et le Sénat*, p. 42 sq., a montré d'une façon qui paraît définitive, en s'appuyant précisément sur les lettres écrites par Cicéron à Atticus pendant son séjour en Cilicie (cf. note 1 de la page précédente), qu'à la fin de la République l'entrée en charge d'un gouverneur datait du jour où il était arrivé dans la province.

2. Voir Appendice I, lettre II.

3. *Ad fam.*, III, 4, 2.

4. *Ibid.*, 3, 2 : *Ego C. Pomptinum legatum meum Brundisii exspectabam, eumque ante K. Iunias Brundisium uenturum arbitrabar. Qui cum uenerit, quae primum nauigandi nobis facultas data erit, utemur.* — 4, 1 : *Pridie Nonas Iunias, cum essem Brundisii, litteras tuas accepi, quibus erat scriptum te L. Clodio mandasse, quae illum mecum loqui uelles. Eum sane exspectabam, ut ea, quae a te adferret, quam primum cognoscerem.* Il pense que s'il quittait Brindes il pourrait croiser L. Clodius en route sans s'en douter, et que cela contenterait mal l'impatience où il est de connaître ce que lui a confié Appius.

5. *Ibid.*, 3, 1 ; 4, 1.

APPENDICE III

Note sur les Appiani

Les seuls textes anciens où, à notre connaissance, il soit fait mention de ce peuple sont les suivants :

1° Cic., *Ad fam.*, III, 7, 2 et 3 ; 9, 1 ;

2° Plin., *H. N.*, V, 105 : *Alter conuentus a Synnade accepit nomen. Conueniunt Lycaones, Appiani, Corpeni, Dorylaei, Midaei, Iulienses, et reliqui ignobiles populi XV.*

On ne peut ajouter à ces textes : Polyb., *Hist.*, V, 77 : τὸ Ἀππίας πεδίον ; cette plaine paraît située sur les confins de la Mysie, par conséquent trop loin pour être identifiée avec le pays des *Appiani.*

Il existe encore en Asie Mineure une ville appelée Abia. C'est là qu'on place l'ancienne ville des *Appiani*, depuis le voyage de Ph. Le Bas en Asie Mineure. Elle était située dans la *Phrygia Pacatiana,* sur la route romaine de Sardes à Dorylaeon, entre les villes d'Akmonia et de Kotiaion[1]. Ramsay propose d'écrire le nom de cette ville *Apia* et non *Appia.* Il voudrait assimiler ce nom à celui de l'Ἀπία γαῖα du Péloponnèse, et expliquer le mot par la racine *apa* ou *akva* (water, eau)[2]. Mais cette étymologie n'est pas sûre : et quelle raison d'écrire *Apia*, quand les textes donnent *Appiani,* et les monnaies Ἀππιανῶν ? Tout nous invite à conserver à ce mot une graphie qui le rapproche du nom d'Appius, en nous avouant du reste incapable de prouver que cette ville d'Appia doive son nom à Appius Claudius.

Pourtant, si la preuve est impossible, des présomptions existent. Les inscriptions grecques d'Appia[3] ne nous donnent aucun renseignement sur l'origine de cette ville : mais, comme elles sont toutes de l'époque impériale, on a là une raison de penser que la ville en question n'était pas très ancienne. Les monnaies fournissent un témoignage concordant. La collection Waddington contient sept monnaies portant la mention Ἀππιανῶν[4] : deux seulement[5] ne portent pas de nom d'empereur, et peuvent être reportées à la fin de l'époque républicaine. L'abbé Cavedoni[6] a affirmé que c'était bien Ap. Claudius Pulcher

1. Voir notre Carte.

2. *The historical geography of Asia Minor*, p. 146. L'étymologie traditionnelle est donnée par Eschyle, *Supp.*, v. 260-270 : Ἀπίας πέδον, ce serait la terre du héros Apis, roi d'Argos.

3. Le Bas et Waddington, *Voyage archéologique*, III, nos 784 à 793.

4. *Inventaire sommaire*, par E. Babelon, nos 5736 à 5743.

5. Nos 5736 et 5737.

6. *Bull. arch. Napolitano,* IV (1855), p. 14 : *Osservazioni sull'opera intitolata* « Voyage en Asie Mineure au point de vue numismatique par W. H. Waddington ».

qui avait donné son nom à Appia. Il rapproche des *Appiani* les *Fuluiani* et les *Amoriani*, deux peuples de Phrygie dont nous trouvons la mention sur des monnaies de la collection Waddington [1]. Les premiers semblent devoir leur nom à Fulvia, première femme de M. Antoine (42 av. J.-C.). Les seconds se disent, sur une monnaie, *Vipsanii*, du nom de leur bienfaiteur Vipsanius Agrippa. On peut ajouter à ces exemples celui des *Iulienses* dont parle Pline, et qui paraissent avoir pris leur nom d'un Julius, peut-être de C. Julius Caesar [2]. Ces trois exemples, tous empruntés à la Phrygie, nous permettent de conclure que dès la fin de l'époque républicaine les villes de cette région prenaient volontiers le nom de ceux qui avaient été leurs fondateurs ou leurs bienfaiteurs. Par conséquent il n'est rien d'impossible à ce qu'Ap. Claudius ait donné son nom aux *Appiani*. D'autant plus que le témoignage de Cicéron nous les montre se plaçant délibérément sous la protection de l'ancien gouverneur.

On pourrait s'étonner qu'ils se soient appelés *Appiani* et non *Claudiani*, en d'autres termes qu'ils aient formé leur nom sur le *praenomen* et non point, selon la coutume, sur le gentilice du personnage. Mais il convient d'observer qu'Ap. Claudius Pulcher était couramment désigné par son prénom ; et nous voyons Cicéron, à deux reprises, voulant former un mot dérivé du nom de son correspondant, le former sur son *praenomen* [3].

APPENDICE IV

Note sur la date probable où Dolabella accusa Appius, et où Cicéron en fut informé.

Il faut supposer qu'Appius fut accusé dès le mois de janvier 50. En effet, le procès eut lieu au plus tard dans les premiers jours d'avril [4] : et puisque Cicéron fut sollicité de recueillir dans la province de bons témoignages, on dut évidemment laisser entre la plainte et les débats le temps nécessaire. Or, il fallait bien trois mois pour que Cicéron fût informé, recueillît les témoignages, et les envoyât à Rome. On répondra

1. *O. c.*, nos 6046 et 5609.

2. Trois monnaies de la ville de Julia dans la collection Waddington : *o. c.*, nos 6204, 6205 et 6206.

3. *Ad fam.*, III, 1 : *quam quidem ego, si forte de tuis sumpsero, non solum* Παλλάδα, *sed etiam* Ἀππιάδα *nominabo ; ibid.*, 7, 5 : *Quidni? Appius Lentulo, Lentulus Ampio processit obuiam, Cicero Appio noluit ?... ullam* Appietatem *aut Lentulitatem ualere apud me plus quam ornamenta uirtutis existimas ?*

4. Voir plus haut, p. 102 et n. 2.

que le délai put être refusé, ou abrégé à la demande d'Appius lui-même, qui, sûr de l'acquittement, n'aurait pas attendu les témoins. Mais nous savons que des témoins mercenaires, venus de la province, parurent au procès[1]. La lettre VI d'Appius ne parle pas de l'accusation, mais elle a été écrite dans les premiers jours de décembre[2].

Il faut aussi supposer que Cicéron a été informé de l'accusation vers la fin de février ou le commencement de mars. Nous ne possédons aucune lettre reçue ou écrite par Cicéron dans le courant du mois de mars. Schmidt (nº 15, p. 84) explique la chose en disant que Cicéron était pendant ce mois-là occupé à rendre la justice. Nous croyons bien plutôt que les lettres de ce mois-là ne nous sont pas parvenues parce qu'elles avaient trait au procès d'Appius et aux démarches faites par Cicéron à ce propos : ou bien les premiers éditeurs les ont supprimées, ou bien elles avaient été écrites sous le sceau du secret, et dans des conditions telles qu'elles ne leur sont point parvenues.

C'est pendant le mois de mars que Cicéron dut recevoir les lettres de Pompée et de Brutus[3], et y répondre. C'est très peu de jours après le 4 avril[4] qu'il dut recevoir la lettre *ad fam.*, VIII, 6. On la date généralement : « avant le 1er mars », parce qu'il n'y est pas question de la séance du Sénat ce jour-là. Mais ce n'est là qu'une limite *a parte post* : rien n'empêche qu'elle n'ait été écrite plusieurs semaines auparavant. Cicéron n'y répondit qu'à la fin d'avril (*Ad fam.*, II, 13, 4 : *Mihi erat in animo... proficisci in Ciliciam Nonis Maiis*) ; mais Cicéron peut n'avoir pas répondu tout de suite : *litteras quas proxime acceperam*[5] veut dire simplement : la dernière reçue. Ne répondit-il pas, par la lettre *ad fam.*, II, 15, à trois lettre de Caelius, *Ad fam.*, VIII, 11, 13 et 7 ? Dans ce cas, et si la lettre *ad fam.*, VIII, 6 a été reçue peu de jours après le 4 avril, la lettre *ad fam.*, III, 10, dont on sait seulement[6] qu'elle est postérieure à *Ad fam.*, VIII, 6, a été écrite *dans la première moitié d'avril.* Mais les premiers mots de cette lettre nous font entendre que ce n'est point par Appius que Cicéron eut tout d'abord connaissance du procès : *Cum est ad nos adlatum de temeritate eorum, qui tibi negotium facesserent, etsi grauiter primo nuntio commotus sum...*

On pourrait s'étonner que Cicéron ait écrit si tard à Appius au sujet de son procès. Mais il devait déjà l'avoir fait assurer de son dévouement

1. *Ad fam.*, III, 11, 3.
2. Voir Appendice I.
3. Voir plus haut, p. 98.
4. Pas avant cette date, puisque le 4 avril (*scripsi enim haec ipsis Megalensibus*, 2), il écrivit à Caelius la lettre *ad fam.*, II, 11, où l'on voit bien qu'il n'avait pas encore reçu *Ad fam.*, VIII, 6. On ne doit point s'étonner que dans cette lettre Cicéron ne parle pas du procès d'Appius : Caelius ne lui en avait encore rien écrit, et il n'avait nul intérêt à en parler le premier.
5. Schmidt dit seulement : « Encore en avril » (nº 16, p. 86).
6. Cf. *Ad fam.*, III, 10, 5 : *cuius sermo stultus et puerilis erat iam ante ad me a M. Caelio, familiari nostro, perscriptus.*

par Pompée et par Brutus : il devait avoir répondu aux lettres de recommandation de ces deux personnages[1] en les priant, ce qui se faisait très couramment, de montrer sa réponse à Ap. Claudius. On comprend qu'il ait préféré attendre, pour écrire directement à Appius, de pouvoir lui donner, avec le détail de ses démarches (*Ad fam.*, III, 10, 11), la preuve de son dévouement.

Ainsi donc :

1° Il est probable que Cicéron a été informé de l'accusation portée contre Appius par Dolabella dans les derniers jours de février ou les premiers jours de mars ;

2° Qu'il s'occupa pendant le mois de mars de recueillir de bons témoignages en faveur de l'accusé, reçut et écrivit pendant ce mois-là des lettres à son propos qui ne nous sont point parvenues;

3° On peut malgré cela douter que l'intervention de Cicéron se soit produite à temps et qu'elle ait été, par conséquent, utile.

1. Nous pouvons affirmer, en effet, que, quand il écrivit *Ad fam.*, III, 10, Cicéron avait reçu les deux lettres de recommandation de Pompée et de Brutus : cf. 2 : *Nollem accidisset tempus in quo perspicere posses quanti te, quanti Pompeium, quem unum ex omnibus facio, ut debeo, plurimi, quam Brutum facerem.*

TABLE DES MATIÈRES

Introduction I

Note bibliographique V

Première Partie : Avant le proconsulat de Cicéron en Cilicie.

Chapitre Premier. **Ap. Claudius Pulcher avant sa préture (57).** *Premiers rapports avec Cicéron* 1

Chapitre II. **La préture d'Ap. Claudius (57).** *Sa brouille avec Cicéron* 15

Chapitre III. **De la préture au consulat (57-54).** *Les discours de Cicéron* 26

Chapitre IV. **Le consulat d'Ap. Claudius (54).** *La réconciliation* 34

Seconde Partie : Pendant et après le proconsulat de Cicéron en Cilicie.

Chapitre Premier. **Cicéron va remplacer Ap. Claudius dans le gouvernement de Cilicie. Les premières lettres échangées, jusqu'à l'arrivée de Cicéron à Laodicée (31 juillet 51)** . . . 53

Chapitre II. **L'entrevue d'Ap. Claudius et de Cicéron à Iconium (1er septembre 51)** 65

Chapitre III. **Après l'entrevue d'Iconium.** *L'ère des difficultés (2 septembre 51 — 20 février 50 env.)* 82

Chapitre IV. **Les procès d'Ap. Claudius et le mariage de Tullia (février-août 50). La censure d'Ap. Claudius (50). Sa mort (48).** 93

Conclusion 115

Appendices.

Tableau généalogique de la famille d'Ap. Claudius Pulcher. . 121
Appendice I. Note sur la correspondance d'Appius et de Cicéron. 123
Appendice II. Note sur la date de l'entrée en charge d'Ap. Claudius Pulcher et de M. Tullius Cicero dans le gouvernement de la province de Cilicie. 131
Appendice III. Note sur les Appiani 133
Appendice IV. Note sur la date probable où Dolabella accusa Appius, et où Cicéron en fut informé 134
Table des Matières. 137
Carte.

ORLÉANS. — IMP. ORLÉANAISE, 68, RUE ROYALE

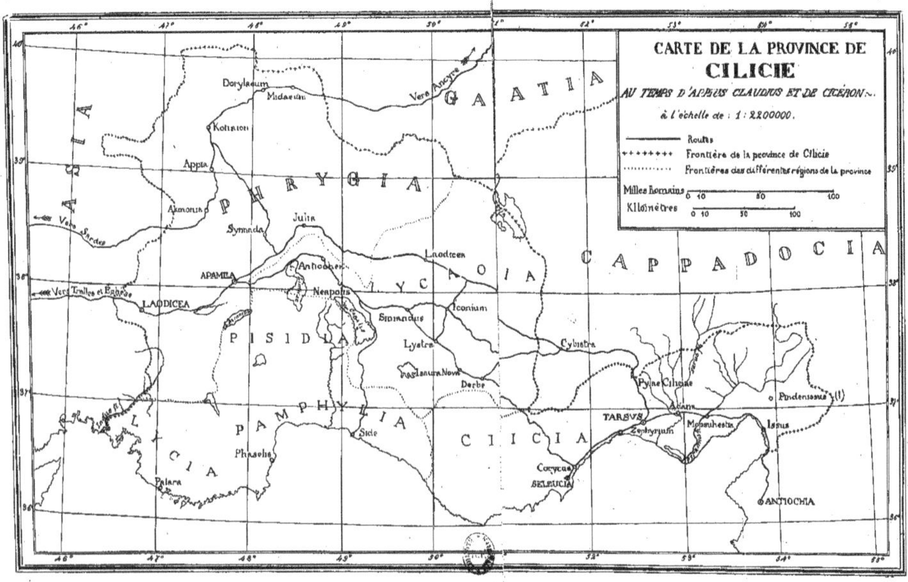
CARTE DE LA PROVINCE DE
CILICIE
AU TEMPS D'APPIUS CLAUDIUS ET DE CICÉRON
à l'échelle de : 1 : 2200000.
Routes
Frontière de la province de Cilicie
Frontières des différentes régions de la province
Milles Romains
Kilomètres
ASIA
GALATIA
PHRYGIA
CAPPADOCIA
LYCAONIA
PISIDIA
PAMPHYLIA
LYCIA
CILICIA
Dorylaeum
Midaeium
Kotiaion
Appia
Akmonia
Synnada
Julia
APAMEA
LAODICEA
Antiochia
Neapolis
Laodicea
Iconium
Sinnadus
Lystra
Isaura Nova
Derbe
Cybistra
Side
Phaselis
Patara
Coryeus
SELEUCIA
TARSUS
Zephyrium
Pylae Ciliciae
Adana
Mopsuhestia
Issus
Pindenissus
ANTIOCHIA
Vers Ancyre
Vers Sardes
Vers Tralles et Ephèse

www.ingramcontent.com/pod-product-compliance
Ingram Content Group UK Ltd.
Pitfield, Milton Keynes, MK11 3LW, UK
UKHW031907260826
14628UKWH00003B/1033

9 782329 034812